「気持ちがいいですか？」
「そんなのわからないけど、
なんか変な感じが……ぅんん！」
彼の指の腹が綾乃の弱いところに当たり、
もう本当に立っていられなくなる。
足が震えて、涙が浮かんだ。

腹黒御曹司と政略結婚なんてお断り!
～財閥令嬢は偽恋人探しに奔走中～

秋桜ヒロロ

Vanilla文庫Miel

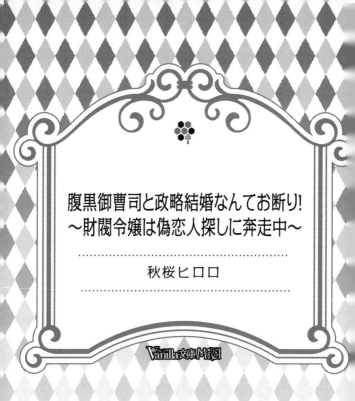

政略結婚なんてお断り！

okotowari!

腹黒御曹司と財閥令嬢は偽恋人探しに奔走中

Contents

イラスト／壱也

プロローグ

鳳条《ほうじょう》家――

近世前期から豪商として古い歴史を持ち、政府や日本経済に多大な影響をもたらした財閥を設立した家。ＧＨＱによる財閥解体後もかの家の勢いは衰えることなく、今でも鳳条家グループは日本経済界に多大な影響を及ぼしている。

そんな鳳条家には、一人娘がいた。

染めていないのに色素が薄くて長い髪に、少しつり上がった猫目。畳の上に正座している彼女の姿勢はまるでお手本かのように良く、ひと目で育ちの良さがうかがえた。

鳳条綾乃《あやの》、二十五歳。

一ヶ月後に誕生日を控えた彼女は、久しぶりに現当主であり祖父の鳳条清太郎《せいたろう》に呼び出されていた。

「お爺《じい》さま、今、なんて言いました？」

「だから、お前に婚約者を用意した」

「はい？」

「だから、お前の誕生日パーティでみんなに紹介する婚約者を用意したと言ってるんだ」

鳳条家の本邸。由緒ある日本家屋の一室で、清太郎はさも当たり前かのようにそう口にした。座卓を挟んで向かい側にいる綾乃は、反射的といった感じで身体を前に乗り出す。

「こ、婚約者ってなんですか⁉　婚約者って、結婚する相手って意味の婚約者ですよね？私、そんな話、一度も聞いたことがないんですが！」

「そりゃそうじゃろ。言ってなかったんだから」

「言ってなかったんだから、って……」

悪びれることなく飄々《ひょうひょう》と言って退ける清太郎に、綾乃は頭を押さえた。

頭痛がする。てっきり今日は、前倒しで誕生日でも祝ってくれるのかと思っていた。誕生日当日は清太郎も言っていたように、分家や親戚、協力会社の重役などを呼んでパーティをする予定だからだ。『誕生日パーティ』と銘打ってはいるが、実際は彼女の誕生日を祝うための集まりではなく、企業の祝い事やレセプションパーティと同じようなもので、ビジネスの一環。基本的には人との交流がメインのパーティだ。

だから、家族として先んじて祝ってくれるのかと思っていたのに、蓋を開けてみればこれである。

綾乃は、まるで生徒が先生に質問するかのように、恐る恐る右手をあげた。

「も、もしかしてそれは、政略結婚というやつでしょうか？」

「そうじゃな！」

断言された。濁すことも、言い淀むことも、口籠ることもせず、真《ま》っ直《す》ぐに綾乃を見据えたまま、まるで『何が悪いんだ』と言わんばかりの態度で。

綾乃は色々言いたいのを堪えて、唸《うな》るような声を出す。

「政略結婚なんて、時代遅れだと思いませんか？」

「うちのような家に『時代遅れ』とか言われてもなー」

「そ、それはそうかもしれませんが……！」

「別にワシは、お前が結婚するもせんも好きにしたらいいとは思うんじゃよ？」

「なら！」

「だとしても、年頃の娘になんの浮いた話もないのはさすがにまずいかと思ってな。ほら、分家筋のもんが色々言ってきそうじゃろ？」

口元に蓄えた髭《ひげ》を触りながら清太郎は言う。

綾乃も彼が言わんとしていることは、すぐさま理解できた。『分家のもんが色々と言ってきそう』の『色々』というのは、要するに縁談だ。綾乃に相手がいないのならぜひうちの倅《せがれ》と！　というやつである。

綾乃と結婚をするということは鳳条家本家の一員となれるということだ。そうなれば相手を排出した家の力も高まることとなり、結果として分家の中である程度の地位が確立される。

本家出身である綾乃はあまりピンとこない話だが、分家は分家で色々と争いがあるらしい。勝手にやっていてほしいというのが、綾乃としての本音なのだが、分家の協力なくしては本家が立ち行かないのもまた事実なので、これはこれでしょうがないのかもしれない。

「お前ももう二十六じゃしな。もうさすがに、庇《かば》うのも限界じゃ」

「それは確かに、感謝はしていますが……」

大学を卒業するまでは『学生時代は好きなようにさせてやってほしい』、社会人になってからは『嫁ぐ前に、もう少し社会勉強をさせたい』で、清太郎が分家の縁談を躱《かわ》してきてくれたのを、綾乃だって知っている。

それに甘えていた感は否めないが、だとしてもいきなりすぎるだろう。急に『婚約者を用意した』『お披露目《ひろめ》は一ヶ月後』と言われて、納得できる人間はなかなかいない。婚約者を用意するにしても、もうちょっと色々手順を踏むべきなんじゃないだろうか。

「それに、ワシも可愛《かわい》い孫娘に、愛のない結婚はしてほしくないしの」

そう言って悲しそうに眉を八の字にする清太郎に、綾乃は片眉を上げた。

「『愛のない結婚はしてほしくない』と言いますが、相手をお爺さまが決めたら一緒じゃないんですか？」

「一緒なわけないわ！　ワシはちゃんとお前のことを考えておる。お前がどうなるのかはわからんが、少なくともワシの選んだ相手は、お前のことをちゃんと好きになってくれる相手じゃ！」

「そんなのわからないじゃないですか……」

「大丈夫じゃ！　もうその辺は確認を取っておる」

「確認って……」

そんなの、写真と釣り書きを見せて『好きになれそうか？』『はい』という問答をしたぐらいだろう。そんなものので、何がわかると言うのだろうか。それでわかるのはせいぜい見た目と、スペックぐらいなものである。清太郎が何か話して聞かせたのなら性格も多少は知られているかもしれないが、それでも人から伝え聞いた性格と実際に目の当たりにした性格が違うことぐらい幼子だって知っている。

「いろんな理由をつけてくれてますが。要は、分家の人たちに色々言い訳するのが面倒になったってだけですよね？」

「さすがワシの孫娘じゃ！　よくわかっておる！」

皺《しわ》だらけの目尻にさらに深い皺を寄せて、けけけ、と狸《たぬき》が笑う。

「でもまぁ、相手に不足がないのは本当じゃよ？　なにせ、ワシが選んだ相手だからな！

むしろお前にはもったいないぐらいじゃ！」

「もったいないって……」

「もったいないじゃろ？　二十六歳にもなるのに、今まで恋人の一人も作ったことがない上に、母親に似て性格は勝ち気だし、色気もないときたもんじゃ！　見た目だけは悪くないのに、これでは中身が残念すぎるわい！」

自分の孫娘のことをボロクソに言いながら、やれやれと清太郎は肩をすくめる。

さすがにカチンときて咄嗟《とっさ》に言い返そうとした綾乃だったが、悔しいことに全部本当なので、開いた口からは何も言葉が出てこなかった。

綾乃は痛くなった額を押さえる。

「ちなみに、その『私にはもったいない相手』というのは誰なんですか？」

「それは秘密じゃ！」

「はぁ⁉」

「だってお前、何かと理由つけて相手のことフりそうだからの。無駄に行動力があるから、相手の会社に直接行って迷惑かけてもいけんし……」

「さすがに、そんなことしませんよ！」

「ほんとかのぉ」

そう言いながら、彼は目をすがめる。

いくら相手が気に入らないからと言って会社に乗り込むなんてこと、いくら綾乃でもさすがにしない。……多分。

「ということで、相手は当日発表するから楽しみにしておれ！」

「婚約する本人が当日発表で相手を知るだなんて……」

前代未聞である。結婚当日に相手を知らされるだなんて、今は平安時代か何かなのだろうか。まぁ、『結婚』ではなく『婚約』なのだから、まだマシなのかもしれないが、それでも近代的ではない。時代遅れも甚だしい。

（というか！　相手も教えてもらえない婚約とか絶対にしたくないんだけど……！）

綾乃の母親と父親は恋愛結婚だった。清太郎も祝福していたし、当然自分も結婚するならば恋愛結婚だと思い込んでいた。そうじゃなくても、こんな急に結婚相手を突きつけられるとは思わなかったのだ。

黙ってしまった彼女を尻目に、清太郎はさらに声を大きくする。

「綾乃に恋人がいれば話はまた別だったのかもしれんが、恋人がいないのなら諦めて――」

「こ、恋人ならいます！」

弾みで出た言葉だった。売り言葉に買い言葉、ではないが、『恋人がいない』ことが婚約者を押しつけられる原因なら、恋人がいればいいと綾乃の頭は考えたのだ。安易に。

清太郎は「ほう」と再び口元の髭に手を伸ばした。そして、にやにやと綾乃を見つめる。

そんな彼の視線に、綾乃はムキになった調子で身を乗り出した。

「お爺さまには言ってなかったけど、彼とは結婚も考えているの」

「どんな人なんだ?」

「す、素敵な人よ!」

「素敵とは、どんなふうに?」

綾乃はその質問に一瞬だけ押し黙ると、太ももの上でグッと握り拳を作った。

「えっと、かっこいい人よ!」

「ほう?」

「顔はモデルみたいだし! 身長も高いし!」

「見た目だけ良くてもなぁ」

「せ、性格もいいし! 家柄だっていいんだから!」

「ほぉ、そんな優良物件が?」

清太郎はそう言いながらにやにやと頬《ほお》を引き上げる。あれは、綾乃の言葉が嘘《うそ》だと確信している顔だ。しかし、ここまで断言した以上、今更「嘘です」だなんて言い出せるはずもない。この嘘は押し通さなくては意味がないのだ。そうでなければこの先、見ず知らずの男との縁談が待っている。

綾乃はまるで自分を奮い立たせるように座卓を叩きながら、膝立ちになった。

「私、彼以外と結婚するだなんて考えられないわ！　婚約の話は、お爺さまが断ってきてください！」

「まぁ、そうさな。お前に想《おも》う相手がいるのなら、しょうがないな。分家筋もそういうことなら納得してくれるじゃろうて」

「それじゃ！」

「婚約の話は、白紙に戻そう！」

清太郎の言葉に、綾乃は「お爺さま！」と感動の声をあげた。そして、胸を撫《な》で下《お》ろす。

清太郎が綾乃の言葉を信じたとは思わないが、分家への言い訳ができたということで、引いてくれたのだろう。

（よ、よかったぁ……）

しかし、窮地を抜けたと安心しきっている綾乃に、清太郎はとんでもない爆弾を落とす。

「それじゃ、連れて来い！」

「え？」

「その素敵な恋人をワシに紹介しろって言っとるんじゃ！」

清太郎の言葉に、綾乃は「そ、それは……」と頬を引《ひ》き攣《つ》らせた。

「なんじゃ？　できんのか？」

「そんなことは、ないですけど……」

ここでできないと言おうものなら、また元《もと》の木阿弥《もくあみ》だ。せっかく、あの清太郎から『白紙』という言葉を引き出せたのだ。このまま屈するわけにはいかない。

「それなら早く連れて来たらいいじゃろ？　その、顔が良くて、身長が高くて、性格も良くて、家柄もいい恋人をな。結婚を考えているのなら、今顔を合わせておいても損にはならんだろうし」

「でも……」

「ほら、はよ電話でもせい！」

そう急《せ》かされるが、当然、電話する相手などいない。

綾乃がスマホ片手にまごまごとしていると、清太郎の口角が上がった。

「なんじゃ？　やっぱり嘘だったのか？」

「う、嘘なんかじゃ！　ただちょっと、今日は用事があるみたいで……」

「それならいつがいいんじゃ？　明日か？　明後日か？　可愛い孫娘の頼みなら、ワシはいつでも予定を開けてやるぞ？　ほら、言ってみろ」

綾乃は「えっと……」と目を泳がせた。

その表情を見て、清太郎はまるで子供のように勝ち誇った顔を浮かべた。

「ほら、やっぱり嘘なんじゃ――」

「い、一週間！　じゃなくて、やっぱり十日！　十日後よ！」

「ん？」

「十日後、ここに恋人を連れてくるわ！　それで文句ないでしょう？」

その言葉に清太郎は一瞬驚いたような顔をしたが、やがていつもの狸らしいニヤニヤとした笑みを浮かべる。そして、「まぁ、そのぐらいなら待ってやるかのぉ」と全てを見透かしているような台詞を吐き、腕を組んだ。

「それじゃぁ、十日後に待っておるぞ。顔が良くて、身長も高くて、性格も良くて、家柄も良い、その恋人をな」

「連れてきますよ！　連れて来ればいいんでしょう！」

綾乃は話が終わったとばかりに立ち上がり、踵《きびす》を返した。そして、背後を振り返り、こう捨《す》て台詞《ぜりふ》を吐く。

「首を洗って待っていてください！　めちゃくちゃ素敵な恋人を連れてきますから！」

「おぉ、楽しみにしとるぞ」

どこまでいっても余裕の表情を浮かべる彼に、綾乃は「失礼します！」と声を張り上げた。そして、部屋を後にしようと襖《ふすま》の前に立つ。すると、綾乃が触るまでもなく、襖が勝手に開いた。開けたのは、彼女たちがいる日本家屋にはおおよそふさわしくない燕尾服《えんびふく》を着た男性である。

彼の名前は、西園寺《さいおんじ》慧《けい》。綾乃につけられた専属の執事である。

年齢は綾乃より少し上ぐらいで、目鼻立ちは整っており、身長も高い。切長の目はどこか寒々としているのに、廊下で彼女を出迎える彼の表情には優しさが滲《にじ》み出《で》ていた。

「慧、行くわよ！」

口を尖《とが》らせながらそういう彼女に、彼は少し困ったような表情で「わかりました」と返事をし、肩をすくめる。慧が扉を閉める寸前、部屋の中にいた清太郎が彼に声をかけた。

「よろしく頼むぞ、慧」

「わかっております」

二人の間だけで通じる会話をして、慧は軽く頭を下げた後、襖を閉めるのだった。

第一章

「……ということで！　顔が良くて、身長が高くて、性格が良くて、家柄が良い、そろそろ私と結婚を考え始めている恋人を探さなくてはならなくなったんだけど！」

「馬鹿なんですか、貴女《あなた》は……」

呆《あき》れながらそう言ったのは、慧だった。

二人暮らしにしては広すぎる都内の一軒家、その自室のソファーの上で、綾乃はいつも通りの彼の辛辣な言葉に頰を膨らませる。風呂上がりの彼女の髪の毛はほんのりと湿っており、服装も薄ピンク色のパジャマだ。そんな彼女の側にいる慧は未《いま》だ燕尾服で、呆れたような表情で彼女の話を聞いていた。

「だって、だって、仕方がないじゃない！　あのままじゃ、見ず知らずの誰かと結婚させられるかもしれなかったのよ！」

「貴女も鳳条家のご令嬢ならば、政略結婚ぐらいは覚悟していたのでは？」

「だとしても、手順ってものがあるでしょう？　お爺さまはいつだって急すぎるのよ！

あんなの騙《だま》し討《う》ちよ！」

清太郎は思いつきで行動する人間ではないのだが、大切な決定を誰かと相談するということもあまりしない男だ。相談する相手はいつだって最小限。本当に信頼している人間にしか彼は意見を仰いだりしない。だから、こんな騙し討ちのように突然話が降って湧いたりする。

これは綾乃が幼い頃から、もしかすると生まれる前からずっとそうで。小学校の頃は、『来週から三年間、イギリスで暮らせるように手配しておいたからの』と突然、日本からイギリスへ引っ越しをさせられ。中学校に上がる時も『話は全部通しておいたから、ここに通いなさい』と私立の有名女子校のパンフレットを渡され。社会人になってからも『そろそろお前も家を出た方がいいじゃろう？』とこの家に連れて行かれたのだ。

清太郎は鳳条家の現当主だ。だから情報の取り扱いにも人一倍慎重になっているのだろう。それはわかるのだが、だとしてももう少し当人に相談すべきなのではないのだろうか、と思ってしまう。しかも、今回に至っては婚約相手さえも教えてもらえない状況なのだ。さすがに非常識にも程がある。

「相手って、どんな人なのかしら？　きっとお爺さまが懇意にしている方の息子さんとかなんでしょうけど……」

瞬間、頭によぎったのは、でっぷりとした体格の男だった。鼻の頭には常に脂が浮いており、冬なのにいつもハンカチ片手に額を拭いている男。父親は確か、鳳条グループが懇意にしている不動産会社の社長で、清太郎のゴルフ仲間だ。釣り書きだけなら相手に申し分ない。

（彼だったらどうしよう……）

彼とは数回顔を合わせただけだが、家のことを鼻にかけたような話し方も、社員を見下すような態度も、いまだに残る男尊女卑の考え方も、どれも気に入らなかった。しかしながら、彼の父親が『ぜひうちの倅と綾乃さんを……』と言っているのを何度か聞いたことがあるし、清太郎も『良いかもしれませんなぁ』と乗り気な様子だったので、彼という可能性は十分にある。

（そうなったら私、彼と結婚――）

その瞬間、綾乃の脳裏に浮かんできたのは、ウェディングドレスに身を包んだ自分をしたり顔で待つ彼の姿。白いタキシードを着ている彼の腋《わき》には汗が滲《にじ》んでいて――

「む、無理‼」

綾乃は声をあげながら頭を抱えた。突然の奇行に「綾乃様？」と首を傾《かし》げる慧を置いて、彼女は必死に首を振る。

「むりむりむり！　容姿とかは正直どうでもいいと思ってるけど、最低限の清潔さは欲しくない⁉　それに、愛のない結婚だとしても相手のことを尊重する姿勢は大切だと思うし！　そもそも尊敬できない相手との結婚って、私、長続きしないと思うの！　人のこと見下すやつって最低だと思わない⁉」

「まぁ、最低ですね」

「でしょう？　だから本当に無理！　彼は嫌‼」

慧の同意を受けて、綾乃は今にも泣き出しそうな顔を覆う。

そんな彼女にやれやれと肩をすくませて、慧は彼女の前にいつの間にか準備していたカモミールティの入ったカップを置いた。

「どなたを思い浮かべているのかは存じ上げませんが、清太郎様がおっしゃっている婚約者は、おそらくその方ではないと思いますよ？」

「なんでわかるのよ？」

「綾乃様がそこまで嫌がる相手を、清太郎様が選ぶわけないと思うので」

「そんなのわかんないじゃない！　お爺さまだって判断を間違うこともあるわよ！」

ヒステリックにそう叫んで、綾乃は先ほど慧が用意したカモミールティを一気飲みする。こんなふうになることを予期していたのか、不思議とカモミールティは熱くなかった。なので、舌が火傷《やけど》することもない。こんな時にあれだが、さすがは慧だ。

綾乃は勢いよく立ち上がると、胸元に拳を掲げた。

「と言うことで、慧！　こうなったら、偽の恋人を探すわよ！」

「偽って……」

「期限は十日後の水曜日！　もちろん慧も協力してくれるわよね！」

疑うことなくそう聞いてくる彼女に、慧は一度だけため息をついた後、首を振る。

「無理です。……というか、今回は協力する気はありません」

「な、なんで⁉」

狼狽《うろた》えた表情を浮かべる綾乃に、慧はさも当たり前のようにこう告げる。

「だって、綾乃様の男運、碌《ろく》でもないじゃないですか」

「ろ、碌でもないって……」

「碌でもないでしょう？　私がここに勤めるようになってもう三年ですが、たったそれだけでもわかりますよ」

今まで恋人がいなかった綾乃だが、恋人がいなかっただけで、全くそういう話がなかったわけではない。少ないが好きな人はいたし、良い感じになりそうな人だっていた。ただそのどれもが、基本的に鳳条家の財産目当ての男だったというだけで……

「ヒモ男に、結婚詐欺の常習犯。貴女をＡＴＭだと思い込んでいる愛人志望男に、会社を大きくしたいだけのモラハラ男。ここに並べたのだけで錚々《そうそう》たるメンバーですよ」

「私だって、そんな人だって最初からわかっていたら、近寄らなかったもの！　そ、それに正体がわかってからは、ちゃんと距離を取ったし……」

「その正体だって、私が突き止めなければ貴女は気づかなかったでしょう？」

「それはそう、だけど……」

中学校から大学まで女子校に通っていたせいもあるのだろう。綾乃の男を見る目のなさは目を見張るものがあった。男性に免疫がないためかすぐにころっと騙《だま》されるし、甘言にも弱い。「好きだ」と言われれば「私も好きかも……」とすぐに勘違いしてしまうような惚《ほ》れっぽさもあったし、とにかく男から見て綾乃はちょろい女だった。

そんな彼女をそばでずっと守っていてくれたのは、他ならぬ慧だった。

慧は、綾乃が「好きな人ができたかも……」とか「告白されちゃった」などと言うたびに男の素性を徹底的に洗い、時にはしつこく言い寄ってくる男を追い返したりもしてくれた。男に対する免疫が全くない綾乃が、今までこうして無事に生きてこられたのも、彼のおかげと言って過言ではないのだ。

「そういった今までの経験から、綾乃様が直々にお相手を決められるよりも、清太郎様が決められる方がマシだと、私は判断しました」

「判断しましたって！　私の気持ちは⁉」

「お相手の方は、きっと綾乃様のことを大切にしてくださいますよ？」

「そんなのわかんないじゃ――⁉」

叫ぶと同時に、身体が浮いた。慧が膝裏に腕を回し、お姫様抱っこをしてきていたのだ。

綾乃は彼の腕の中で、頬を染めながら足をばたつかせる。

「ちょ、ちょっと、慧！　下ろして！　下ろしなさいよ！」

「あまり夜更かしされると、肌が荒れてしまいますよ？　明日のお仕事にも響きますし」

彼はそう言って綾乃をベッドに下ろした。そして、布団をかけると優しく前髪を梳《す》く。

「今日はもうお休みください。余計なことは考えず、ゆっくりと」

「余計なことって、『偽の恋人を探す』ことが、そんなに余計なこと？」

「そうですね。綾乃様がそんな感じで暴走されて、よかった試しは一つもありませんから」

綾乃は「それは……」と唇を尖らせる。

「婚約が不安ですか？」

「そりゃ、不安よ。あったこともない人と結婚するだなんて、怖いじゃない！　それに、私が突然会った人とやっていけると思う？」

清太郎にも言われたが、自分が勝ち気な性格ということは十二分にわかっている。尊敬できない男性を立てるということもあまり得意ではないし、お世辞だって苦手だ。

慧はもう一度綾乃の髪を梳いた。

「それなら、綾乃様はどんな人ならいいんですか？」

「どんな？」

綾乃は首を捻《ひね》る。そして、しばらく考えたのち、唇を引き上げた。

「そうね、『鳳条家の令嬢』としての私じゃなくて、私自身を見てくれる人がいいわ。あと、嘘をつかない人。家しか見ていない人は、大体私に嘘をつくもの」

「さすが。経験者は違いますね」

「うるさい！」

慧にそう茶化《ちゃか》されて、綾乃は頬を膨らませた。

鳳条家の令嬢としてではなく、綾乃自身を見てくれる人。

綾乃の願いはそれだけだ。しかしその願いが、彼女にとってはとても難しい。

彼女は布団を鼻先まで上げながら、こちらを見下ろす慧をじっと見上げた。

（婚約者が慧ならよかったのに……）

慧が綾乃の元へ来たのは、三年前。綾乃が大学を卒業し、社会人になってすぐのことだった。『そろそろお前も家を出た方がいいじゃろう？』と清太郎にこの家に連れて行かれ、その家の前で待っていたのが彼だった。

『初めまして、綾乃様』

すっきりとした顔で、あまりにも感情なくそう言ってのけた彼を、今でもはっきりと覚えている。

鳳条家は名家だが、『いつ家が落ちぶれてもいいように、自分のことは自分でやる』のが家の方針だった。なので、綾乃は慧を雇うことに最初は反対だったのだが、一緒に過ごすにつれ、今ではもう彼は自分に欠かせない存在となってしまっていた。

それは、彼が役に立つから、とかではない。もちろん彼はよくやってくれているが、綾乃にとって慧はもう家族のような存在だった。例えるとするなら『よく世話を焼いてくれる、だけど口の悪い兄』といったところだろうか。

（慧ってば私のこと変に特別扱いしないし、一緒にいて心地がいいし。結構辛辣だし、ドSっぽいところがあるけど、なんだかんだ言っていい人だし……）

もちろん、慧がここにいるのは仕事なのだから、彼は綾乃のことを『鳳条家の令嬢』として見ているだろうし、綾乃に気を使っている部分はあるだろう。結婚してからもこれまで通り……ということにはならないだろうが、だとしてもこれまでの三年間があるのとないのとでは、綾乃にとっては雲泥の差だった。

「顔が良くて、身長が高くて、性格が良くて、家柄もいい恋人、か」

綾乃は誰にも聞こえないような声で、そう呟《つぶや》く。

あの時は勢いでそう言ったが、頭に浮かんでいたのは慧の姿だった。

いつだって綾乃のことを一番に考えて、動いてくれる、慧。そんな彼が『清太郎の言う通りにした方がいい』と言うのだ。だからきっと、それが正解なのだろう。

（でも……）

どこか釈然としないのも事実だった。

（慧は、いいの？）

私がどこの馬の骨かもわからない見ず知らずの男と結婚しても……

嫌がってほしいとは言わない。だけど、『清太郎様が決めたことだから』と妙に聞き分けがいいのも納得ができなかった。というか、納得してほしくなかったのかもしれない。

綾乃は彼に背を向け、声を張る。

「もういいわ！　私一人でも偽の恋人探すから！」

「はいはい。それじゃ頑張ってください」

「貴方《あなた》、私が冗談を言ってると思ってるでしょう？」

「冗談を言っているとは思いませんが。綾乃様、異性の友達おられないじゃないですか」

つまり、端《はな》から無理だと思っていると言うことだろう。怒りのあまり綾乃がわなわなと唇を震わせていると、慧はいつものように彼女の額に唇を寄せた。

そして軽いリップ音。

「ということで、私もそろそろ仕事を終わらせていただきますね。……おやすみなさいませ、綾乃様」

「……おやすみなさい」

いつもより低い声でそれだけ返すと、慧は困ったように笑った後、部屋を出ていく。

その背を見送った後、綾乃はガバッとベッドから起き上がった。

「慧ってば、私のことバカにして……‼」

太ももに置いた手のひらをぎゅっと握りしめる。そして、半ばやけくそにこう唸った。

「絶対に、偽の恋人を見つけてやるんだから！」

◆◇◆

「とは言ったものの。やっぱり、そう簡単には見つからないわよね……」

綾乃がそう呟いたのは、それから三日後のことだった。

場所は勤めている会社の社員食堂。

綾乃は現在、鳳条グループの貿易会社で身分を隠して働いていた。『会社の決定権に携わる仕事をするなら、まず現場を知っておくべき』『鳳条家に生まれたからには、なんの後ろ盾がなくとも、しっかりとした成果を残せ』という清太郎の意思のもと、入社し、仕事をしている。おそらく将来的にはグループ内の決定権を左右するところへ行かされるのだろうとは思っているが、清太郎はああ見えてどこまでも実力主義の人間なので、力がないと判断されればきっとこのまま現場止まりだろう。しかし、現在の仕事もとても楽しくやりがいもあるため、綾乃としてはこのまま現場に残っても良いとすら思っていた。

もちろん馬鹿正直に名前を名乗ろうものなら、鳳条家の者だというのはまるわかりになってしまうので、名前の方は『鳳条』ではなく『北条《ほうじょう》』としていた。

そんな『北条綾乃』には、仲良くしている同僚がいた。

「どうしたの？　何か悩み？」

それが彼女、一ノ瀬《いちのせ》愛海《まなみ》である。

社交的の代名詞にでもなりそうなほど、人当たりもよく人望に恵まれている彼女は、綾乃に一切断ることなく、彼女の前にある円卓にたった今運んできた食事を置いた。そして、正面に腰掛ける。

「ここ最近、なんだか元気なさそうじゃない？　私で良かったら話聞くよ！」

「悩みっていうか……」

「わかった！　恋の悩みでしょう？」

「え？」

驚いた綾乃の顔をどうとったのか、愛海は腕を組むと大げさにうんうんと頷《うなず》いた。

「そうじゃないかなって思ってたのよねー！　何でも即断即決の綾乃が悩むなんて、恋しかありえないって思ってたのよ！」

「まぁ、恋、と言われれば恋なのかな？」

決めつけにかかってきた愛海の言葉に、綾乃は困ったような表情を浮かべる。

『偽の恋人を探す』

まぁ、それも大きく分類するならば恋の悩みだろう。彼女の想像しているだろうベクトルとは大きく違うが。

「どんな悩みなの？」

「どんな……」

そう聞かれても、どう答えたらいいのかわからない。

綾乃の本当の苗字《みょうじ》を知らない彼女に『政略結婚したくないから偽の恋人を探している』と言ってもわけがわからないだろうし、それを言って彼女に男を紹介してもらうわけにもいかない。『偽の恋人』のことを知っている人は少ないに越したことはないからだ。

そんな綾乃の心情を知ってか知らずか、愛海は両手で頬杖《ほおづえ》をつき、こちらに身を乗り出してきた。

「でも偶然！　私も最近、恋のことで悩んでてさー。本当に困ってて……」

「……愛海、それが話の本題でしょ？」

「あ、バレた？」

人の相談を聞くふりをして、自分の相談を聞いてもらおうと思っていたらしい。

図星をつかれた愛海はペロリと舌を出す。それがなんとも可愛らしく綾乃の目に映った。

こういうおちゃめで人懐っこいところが、人に好かれる所以《ゆえん》だろう。

「もしかして、何か私に頼み事があるの？」

「さっすが、綾乃！　話が早い！」

「話が早いんじゃなくて、貴女がわかりやすすぎるのよ」

綾乃の言葉に愛海は、へへへ、と頬を掻《か》き、「実はね」と少し真剣な顔になった。

「ついてきてほしいところがあって……」

「ついてきてほしいところ？」

「うん、実は今日、そこに前々から片想《かたおも》いしている人が来るみたいなんだけど。一人じゃどうも心細くてさ。……だめかな？」

様子をうかがうように上目遣いでこちらを見る愛海に、綾乃は「はぁ……」とため息をついた後、腕を組む。

「仕方がないわね」

「あ、ありがとう、綾乃！　そう言ってくれると思ってた！」

「ちょ、ちょっと！」

抱きつこうとしてきた愛海をなんとか押しとどめて、綾乃は彼女と帰りにその場所に寄る約束をしたのだった。

そして終業後、愛海に案内されたのは会社近くのＢＡＲだった。ビルの地下にあるその場所は、窓もなく、明かりの明度も少し落としてある。

寒色の照明に、広いバーカウンター。目の前にはお酒の瓶がいくつも並び、深く沈みこむような革張りのソファーもいくつか置いてある。

見た目的には悪くないものの、ちょっと浮かれたような雰囲気が綾乃には居心地が悪かった。愛海に誘われなければきっと一生縁がなかった場所だろう。

どうやら彼女の想い人はそこでバーテンダーをしているらしい。しかも常にいるわけではなく、シフト制で働いているというのだ。愛海は今まで必死にせっせとそのＢＡＲに通い、彼のシフトを調べたところ、毎週水曜日は必ずシフトに出ることがわかったらしい。

「今日は連絡先を渡そうと思ってるの！　断られたら気まずすぎるし、勇気が出ないから、綾乃についてきてほしくて！」

それがＢＡＲに赴く前の愛海の弁だ。

潤んだ瞳に、染まった頬。その時は、恋する女性特有の恥じらいと初心《うぶ》さを可愛いと思ってしまったし、ぜひ協力したいと思っていたのだが……

（なんかもう、帰りたいな……）

綾乃は頼んだ烏龍茶《ウーロンちゃ》に口をつけながら、はぁ、とため息をついた。

彼女がため息をつく理由、それは背後の盛り上がるソファーにあった。

綾乃の後ろにあるソファーには、愛海と彼女の想い人である男性が仲良く二人腰掛けており、――イチャイチャしていた。

イチャイチャである。それはもう、すごくイチャイチャだ。

実は、ＢＡＲに入ってすぐ愛海は連絡先を彼に渡したのだが、どうやら彼の方も愛海のことを気にしていたらしく、連絡先を渡した瞬間に「俺も君のことが気になっていました！」と秒でカップル成立。たまたまＢＡＲの中に二人以外の客がいなかったことから男と愛海は背後でイチャイチャし始めてしまったのだ。

――綾乃を置いて。

（愛海の恋が実ったことは純粋に嬉《うれ》しい。嬉しいけど！）

だとしても、この放置プレイはどうなのだろうか。愛海を置いて先に帰ってしまうことも考えたのだが、もうすでに二人だけの世界を作っている彼らに声をかけるのも忍びなく、結局気配を消して烏龍茶をちびちび飲むのに徹するしかできなかったのだ。

ちなみに烏龍茶を飲んでいるのは『私がいないところでお酒なんか飲まないでくださいね』と慧にきつく言われているからである。鳳条家の跡取り娘として、お酒を飲んでよそに迷惑をかけるなどあってはならないことだ。綾乃としても、よそに醜態を晒《さら》したいわけではないのでそれに従っている形である。

（でもこの状況は、ちょっとお酒が飲みたくなっちゃう状況よね）

飲んでなきゃやってられないというやつである。

「ちょっと、そんなにくっつかなくても――」

「愛海チャンって本当に可愛いよね！」

そんな二人の会話に思わずため息をつきそうになった時だ。

「湊《みなと》ー。なに客の女とイチャイチャしてんだよ」

スタッフの通用口から、もう一人バーテンダーらしき男が顔を出したのだ。その呆れたような声とすがめた目に、湊と呼ばれた愛海の新しい彼氏はソファーから立ち上がる。そして、少し顔を青くさせた。

「すみません、隼人《はやと》さん！」

「あー、その子？　前々から可愛い可愛いって言ってた常連さんの子？」

「そうなんですよ。それで、今日――」

「まぁ、なんとなく状況はわかったから、今日はもう帰れ。あとは俺が代わってやるから」

まるで犬を追い払うように、隼人と呼ばれた彼はシッシと右手を振った。どうやら彼は湊の上司らしい。もしくは先輩か。

隼人のジェスチャーに湊はキラキラとした顔で「あ、はい！　ありがとうございます！」と頭を下げる。そして、湊に促されるように愛海も立ち上がった。

（これでやっと、私も帰れる――）

そう思いながら綾乃も椅子から腰を浮かせた時だった。

「君にはこれ」

「え？」

「うちのスタッフが迷惑かけたね。これはお詫《わ》びだよ」

カウンターに座る彼女に差し出されたのは、カクテルグラスに入ったピンク色のお酒だった。表面には白い泡のようなものが浮いている、見たことのないお酒だった。

突然の出来事に綾乃は目を白黒とさせる。

「えっと、私」

「二人、いい雰囲気なんだから帰るの邪魔しない方がいいでしょ？　一緒に帰ることになったら君も気まずいんじゃない？」

そう囁《ささや》かれてハッとなる。確かに、あの二人の様子だとこのまま帰らないなんて選択肢も生まれてきそうである。もしくは二人とも一緒にどちらかの家に帰るか。どちらにせよ、そうなった場合、綾乃は先ほど以上のお邪魔虫になってしまうだろう。というか、そんな雰囲気に耐えられる自信がない。

（この人の言う通り一緒に帰るのは避けたほうがいいわね。少なくとも時間はずらしたほうが無難かも……）

「綾乃？」

愛海がいつまでも立ち上がらない綾乃を心配そうな顔で振り返る。そんな彼女に向かって、綾乃は笑みを貼り付けた。

「愛海。私、もうちょっと飲んでから帰るね！　よかったら先に帰っていて！」

「そう？　わかった！」

どことなく嬉しそうに彼女は返事をする。

去っていく二人の後ろ姿を見送った後、綾乃は、はぁ、とカウンターに突っ伏した。

「なんかありがとうございます。あのままだったら私、もっと居た堪《たま》れない空気に入っていくところでした」

「お礼を言うのはこっちだし、詫びるのもこっちだよ。ごめんね、うちのスタッフが」

眉尻を下げる隼人に綾乃は「いえ」と首を振った。

確かに仕事中に女といちゃつくのは問題かもしれないが、そのおかげで愛海が幸せそうだったのだ。これは、なんというか、仕方がない。他に客がいたら問題だったのかもしれないが、いなかったのだから綾乃が大目に見ればいいだけの話である。

隼人は、綾乃の前に置いてあるグラスを見て首を傾げた。

「あぁ、よく見たら君が飲んでいるの烏龍茶だね。もしかしてお酒苦手？　何か別のソフトドリンクに換えようか？」

「あ、いえ……。これで大丈夫です」

カクテルグラスを下げようとした彼の手を綾乃は止めた。これは彼が厚意で出してくれたものだ。それを突き返すような真似《まね》はしたくなかった。それに綾乃が飲まなかったらこの美味《おい》しそうなピンク色のカクテルはきっと流し台に運ばれてしまうのだろう。それはなんだかとてももったいない感じがしたのだ。

（カクテル一杯ぐらいだったら、慧だって気づかないだろうし）

それにこの一杯で酔って立ち上がれなくなることもないだろう。

そう思いながら、綾乃はカクテルに口をつけた。

「——っ！」

最初に感じたのはジンの爽やかな辛味だった。次に、その辛味を中和するようにシロップの優しい甘さと何かわからないマイルドな甘みが舌を覆う。

あまり飲んだことのない個性的な味わいに、綾乃は口元を覆った。

「これ……」

「もしかして、苦手だった？」

「美味しいです！　辛いのに辛くないというか。不思議な感じですよね」

「そのカクテルには卵白が使われているからね」

「卵白……」

卵白というのは、あの卵白だろうか。卵の白身。

そんなものが使われているお酒があるだなんて、綾乃は今まで知らなかった。

「そのカクテルの名前は、ピンク・レディ。『いつも美しく』って意味があるカクテルなんだ。ほら、君にピッタリじゃない？」

そう言って彼は唇を引き上げる。同時に綾乃は半眼になった。

（なんというか、隼人さんって……）

悪い人ではないようなのだが、ノリが軽すぎる。

見た目は悪くないのだが、と言うか、むしろいい方なのだが。なんというか、雰囲気や言動がどことなく浮かれているのだ。このＢＡＲと同じである。

綾乃はカクテルグラスの縁を指でなぞりながら、ため息をつく。

「それにしても、恋人ってあんなに簡単にできるものなのですね」

「どうしたの？　恋人募集中？」

「そういうわけじゃないんですけど……」

当たらずも遠からずと言った感じだ。恋人よりも恋人のふりをしてくれる男性を探す方がはるかに楽な気がするのだが、今の綾乃にはその候補さえもいない。

隼人は、眉を寄せる綾乃に首を傾げた。

「どんな悩み事かにもよるけど、俺でよかったら力になるよ。今日のお詫びもあるし」

「そんな――」

「それに君、可愛いからさ。男としては可愛い子が困っていたら力になりたいじゃない？」

「……カクテルをいただいた時も思いましたけど、なんか隼人さんって軽いですよね？」

「チャラそう？　あはは、よく言われるんだよねー！」

気にする風も、悪びれる風もなく、彼はカラカラと笑う。なんとなく、話していて疲れてしまう人だ。長い時間一緒にいるのには向かない相手である。

綾乃が困ったような顔で笑っていると、隼人は急に真剣な顔になり、カウンターに肘をついた。そして、こちらにグッと顔を寄せてくる。

「でも、助けになりたいのは本当だよ？　僕じゃ助けにならないかもしれないけど、こう見えて人脈広いからさ。君を助けてあげられる人を紹介してあげられると思う」

「人を、紹介？」

「そ。興味出てきた？」

その問いかけに綾乃は言葉を詰まらせる。興味が出てきたのか出てきてないかと聞かれれば、俄然《がぜん》興味が出てきた。もしかすると、偽の恋人になってくれるような人を彼なら知っているかもしれない。

（顔が良くて、身長が高くて、性格が良くて、家柄もいい人）

顔と身長は見た目でわかるからマストだ。性格の方は、いいように見せられる人間ならば問題ない。最も問題なのは家柄だ。家柄がいいとなると、それなりの知識が必要になる。この場合の知識というのは、頭の良《よ》し悪《あ》しを測る知識ではなく、名家特有の常識のことを指す。例えば、『杉浦《すぎうら》商事の会長』と言われれば、『恰幅《かっぷく》のいい、ゴルフ好きの、人の良い笑みを浮かべる狸』を思い浮かべなければならないし、その辺がわからなくても、せめて経済のことを聞かれたらすぐに答えられるようにしていてくれないと困るのだ。M&Aがなんなのかぐらいは答えられないとまずいし、合併と買収の違いがわからないとか目も当てられない。自分から話を膨らますことができなくても、その辺の受け答えをしっかりできるようにしておかないと、清太郎には絶対に怪しまれてしまう。

（それができないのなら、せめてお爺さまとも渡り合えるぐらい口達者な人じゃないと難しいわよね）

そんな人を、彼は知っているのだろうか。綾乃はダメ元で口を開いた。

「それならちょっと聞いてみるんですが、隼人さんの知り合いに顔が良くて、背が高くて、優しい……は、まぁいいとして。経営学とかに詳しくて、口が堅い人っていませんか？」

「なんか君、面白い人を紹介してほしいんだね」

一瞬だけ面食らった後、彼はそう言って笑みを浮かべる。その反応に、綾乃はちょっと落ち込んだ。隼人がそんな人を知らないだろうと思ったからだ。

「大丈夫です。いないならしょうがないですから……」

「なに言ってるの？　俺、ピッタリの人間を知ってるよ！」

「え？」

「その条件に当てはまる人を紹介してあげるって言ったの」

その言葉に綾乃は大きく目を見開いた。そして、思わず立ち上がる。

「ほ、本当ですか!?」

「本当、本当。経営学についてもそれなりに学んでいるし、小さな会社を経営しているから実態知らないとかじゃないし！　顔は俺が見て一級品だし、身長は一八二センチ！」

「ピッタリですね！」

「でしょ！　しかも、その人今ちょっと金欠らしくてさ、十万ぐらいでなんでも引き受けてくれると思うんだよ！」

「十万で……」

綾乃は生唾を飲んだ。もちろん安いお金ではないが、今後のことを考えるなら決して高いということはない。これで変な婚約者と結婚しなくて済むのなら、万々歳だ。

「もしよかったら、その人紹介してくれませんか？　もちろんお礼はするので！」

「うんいいよ！　でも、もう紹介する必要ないかも……」

「え？」

「だってその人、今君の目の前にいるからさ！」

　そう言われ、綾乃はキョロキョロと周りを見回した。広いＢＡＲの中には、客である自分とバーテンダーである彼が一人だけ。綾乃の他にトイレに行っている客がいるということではないだろう。

　つまり、彼が言っているのは——

「貴方？」

「そう、俺！」

　元気よくそう言われ、頬の筋肉が引き攣った。はあぁぁぁ⁉　と叫び出したいのをグッと堪え、綾乃は額をさすった。

「えっと。見つからないなら、見つからないで、はっきり言ってくれていいんですが……」

「いやでも僕、顔いいし、身長も高いよ？」

「それは、そう、ですね」

　自信がありすぎるのはどうかと思うのだが、確かに顔は整っているし、身長も高い。先ほど一八二センチと自己申告していたが、おそらく嘘ではないだろう。

「それに、小さいけど起業しているし。経営学ってほどじゃないけどそれなりのことはわかるつもりだよ？」

「起業してるの？」

「ほら、ここ俺のＢＡＲだから」

「あぁ……」

それは確かに、起業してる。肯定的に受け止めるなら、ずぶの素人よりはいいということになるだろう。

「失礼なんですが、隼人さんて本当に口が堅いんですか？」

「堅いよー！　自分で言うのはなんだけど、すごく堅い！　もしかして、僕、口が軽いように見えちゃってる？」

「……まぁ」

「うーん。証明するのは難しいけど……」

隼人は考えるような素振りを見せた後、にやりと口の端を引き上げた。

「それじゃ君、俺と寝てみる？」

「は？」

「君と寝て、俺が黙っていたら俺が口が堅いってことにならない？　近くに借りてる部屋があるから、そこでとか、どう？」

「なんでそうなるのよ！」

あまりの言葉に、綾乃は敬語をかなぐり捨てた。

そんな彼女に、隼人は気分を害することなくこう続ける。

「だってほら！　君ってすごく綺麗《きれい》だからさ。一度でも寝たら普通の男は自慢したくなると思うんだよね。それを黙っておけるってことは口が堅いってことでしょ？　……あれ？もしかして軽蔑した？」

「違うわよ。呆れたの」

　クズを煮詰めたような発言に頭が痛くなる。しかし、彼がギリギリ条件に合った人間だというのも確かなのだ。全く好みではないが顔はいいし、身長も高いし、家柄は……なんとか補うとして。清太郎との会話には困らなさそうである。知らない話題をふられても、彼ならば煙に巻いて自分のペースに持っていってくれるのではないか、という妙な安心感がある。これはかなりポイントが高い。

（まぁ、優しいと言えば、優しいのよね）

　綾乃は先ほど出してもらったカクテルを見下ろしながら息を吐いた。発言はかなり軽率で、軽薄。その辺がどうも好きになれないが、それは自分が目を瞑《つぶ》ればいいだけの話だろう。

　綾乃は少し考えたのちに残っていたカクテルを煽《あお》り、立ち上がった。

「少し、考えさせて」

「なに？　俺と寝てくれるの？」

「違うわよ！　貴方に仕事をやってもらうかどうか！」

顔を真っ赤にさせてそう怒鳴ると、彼は肩を揺らす。きっと揶揄《からか》われたのだろうと思うのだが、そのことについて怒る気にはなれなかった。なんだかもうヘトヘトである。

隼人はカウンターの下からスマホを取り出し、綾乃に向けた。

「それならさ、ほら。連絡先交換しない？」

「え？」

いけないとはわかっているが、眉間に皺が寄った。だって先ほどの会話で、彼の好感度はただ下がりだ。正直、連絡先など知りたくもないし、ましてや教えたくもない。

「ほら。俺、毎日ここに出勤しているわけじゃないしさ。君だっていざって時に俺と連絡取れないの困るんじゃない？」

「それは、そうね……」

綾乃がしぶしぶスマホを取り出すと、彼は嬉しそうに指を鳴らした。

「いやぁ、今日はいい日だね。こんな可愛い子の連絡先をゲットできるんだからさ！」

（交換したくなくなってきた……）

なんというか、こういうノリが嫌いだ。でも、せっかく見つけた偽恋人候補をこんなところで逃してしまうわけにはいかない。

綾乃はスマホを操作しながら、ふと何かに気がついたかのように顔を上げた。

「そういえば、貴方名前は？　隼人っていうのは下の名前でしょう？」

「俺？　俺は鈴木《すずき》隼人。隼人でも、はやっちでも、ダーリンでも、好きに呼んで」

「……わかったわ。鈴木さん」

「わぁ！　他人行儀！　さっきまで『隼人さん』って呼んでくれてたじゃん！」

ぎゃぁぎゃぁと騒いでいるが、本当に傷ついているわけではないだろう。きっと口をつぐむと死んでしまう生物なのだ、彼は。泳ぐのをやめてしまうと死んでしまうマグロと一緒である。

隼人はスマホに表示されただろう綾乃の連絡先と名前を見て、嬉しそうに目を細めた。

「これからよろしくね、綾乃チャン！」

◆◇◆

「はあぁぁぁあぁぁあぁ」

綾乃がため息をついたのは、家の玄関扉を開けてすぐのことだった。

なんだかとても疲れた一日だった。いや、疲れた数時間だった。

元々人と話すのが得意なわけではないのだが、話していてあんなに疲れる人がいるだなんて初めて知った。財政界のお歴々と話していてもあんなに疲れることはなかなかないだろう。悪い人ではないようなのだが、だとしても相性が悪すぎる。

「おかえりなさいませ、綾乃様」

「ただいま。今日は早く帰っていたのね」

慧の出迎えに、綾乃はそう力ない笑顔で応えた。綾乃が仕事をしている間、彼も清太郎に言われた仕事をこなしているようで、仕事から帰ってきてもたまにいないことがあるのだ。食事などはもう別のお手伝いさんが二人分用意してくれているので何も問題はないが、出迎えがない日はちょっと寂しく感じてしまう。

そういう意味で、彼が今日先に帰ってきてくれていてよかった。

あんな疲れる人の後だと、彼の存在はホッとする。

「今日はご友人と寄り道して帰られたのですね」

「もしかして、ＧＰＳ勝手に確かめたの？」

「本日はお帰りが遅いようなので心配しておりました」

悪びれる風もなく言ってのける彼に、綾乃は「はいはい、ありがとう」と靴を脱いだ。

綾乃の持ち物の全てには、ＧＰＳがついている。それは、綾乃が『ボディーガードをつけることない普通の社会人』をやるための絶対条件だった。ＧＰＳは慧のスマホやパソコン、清太郎の方でも確認できるようになっており、彼女が今どこにいるのか、何をしているのかは常に筒抜けの状態なのだ。

だけどそんなもの、普段は確認したりしない。確認するのは、綾乃が家に帰ってこないとか、誰かに誘拐されたとか、そういう有事の時のみである。

（慧ってば、心配性よね……）

何も告げずに遅く帰ってきた自分が悪いのだが、正直今日は調べられたくなかった。

基本的に行動は全て自由にさせてもらっているのだが、鳳条家の令嬢として、ああいう浮かれた雰囲気が漂う場所に立ち入るのは、あまりよくない行為だというのはわかっているからだ。別に変なことをしていないので堂々としていれば良いのだが、だとしても、綾乃の胸には罪悪感が頭をもたげた。

靴を脱いだ綾乃が玄関から立ち上がると、慧は少し目を大きく見開いた。

「綾乃様、今日はどなたと？」

「どなたって、いつも通り愛海とだけど……」

「しかし、この香りは……」

「香り？」

「……まぁ、いいでしょう」

意味深にそう言った後、彼は綾乃に背を向け廊下を歩き始める。綾乃も慧が何を言いたいのかわからないまま、いつも通り、彼の後をついていくことしかできなかった。

リビングに入ると、綾乃は長いソファーにカバンを投げ、その隣に身体を預けた。深く沈みこむソファーに、ようやく家に帰ってきた実感がこみ上げる。

「つかれたー」

「お疲れ様です。お食事はどうしますか？」

「今日はちょっといいや、疲れちゃったし。――慧は？」

「私も外で済ましてきました」

「そうなの？　もしかして、今日もお爺さまの用事？」

「……まぁ、そんなところです」

もしかしたら、今日は慧の方が遅く帰ってくる予定だったのかもしれない。それなのに、家に帰ってきてみれば綾乃がいない。だから、彼は慌ててＧＰＳを調べたのだろうか。だとしたら、ちょっと悪いことをした。

（ちゃんと、『今日は寄り道して帰る』って連絡すればよかったな）

連絡をしたらしたで、『どこにいかれるのですか？』『誰と行かれるのですか？』としつこく聞かれただろうが、彼に心配をさせるぐらいなら正直に言えばよかったと、綾乃は少し後悔した。

「今日はどのようなご用事であういう場に？」

「愛海に頼まれたのよ」

「愛海さんに？」

「なんか、あそこのバーテンダーに片想いしていたらしくて、『連絡先を渡すから、ついてきて！』って頼まれちゃって！　でもまぁ、すぐに両想いだってわかって、私抜きで二人だけの世界を作ってたんだけどね。でも、店員が彼しかいないから帰れずじまいで……」

「それは、居た堪れませんでしたね」

「でしょう？　鈴木さんが来てくれるまで、本当に地獄だったんだから！」

「鈴木？」

　聞いたことのない名前に慧は首を傾げる。

　綾乃はハッと顔を跳ね上げ、ソファーの後ろに立つ慧を振り返った。

「そう！　鈴木さん！」

「どうかしましたか？」

「見つかったかもしれないの！　偽の恋人候補！」

　綾乃の言葉に、慧はわずかに息を呑《の》んだ。

「もしかして、まだ探しておられたのですか？」

「当たり前でしょう？　私の辞書には『諦め』なんて言葉ないんだから！」

　そう言いながら、綾乃はまるで自慢するように胸を張る。

「結構理想通りの人なのよ？　身長は高いし、顔も一般的にはかっこいい部類の人だと思うし！　家柄はわからないけど、話がうまそうだからお爺さまの話にもなんとかついていけそうだし！」

「……」

「でもまぁ、ちょっと軽薄かなとは思うのよね。今日だって、急に『それじゃ君、俺と寝てみる？』って部屋に誘ってきたのよ？　信じられる？　もちろん冗談だとは思うんだけど、さすがにびっくりしちゃって……」

「それで、行ったんですか？　部屋」

「え？」

急にした低い声に綾乃が顔を上げると、いつの間にか慧が正面に立っていた。座っている綾乃から彼の表情は見えないが、彼の纏《まと》う雰囲気はどことなく怒りが見てとれる。

慧は綾乃の正面に膝をついたかと思うと、彼女の肩を持った。そして首元に自身の顔を近づける。

「ちょ、慧⁉」

「もしかして、この香水はその男のものですか？　わずかにお酒の香りもしますね」

耳の縁に彼の鼻が掠《かす》める。首元に息がかかり、綾乃は「ひゃっ！」と小さな叫び声をあげながら飛び上がった。

「そういう声を、他の男に聞かせたんですか？」

「な、なに勘違いしてるのよ！　部屋には行ってないわ。誘われただけ！」

「本当ですか？　酔った勢いで部屋に上がり込んだりは？」

「わ、私がそんな、出会ったばかりの男性とそういうことするはずないでしょう？」

ひっくり返った声でそう訴える。疑われていることに怒りを感じる前に、今はこの恥ずかしい状況をなんとかしたかった。

綾乃の言葉に慧は「それもそう、ですね」と身体を離してくれた。

それにほっと一息つく暇もないまま、彼はいまだに低い声でこう聞いてくる。

「その彼に詳しいことは話したんですか？」

「ま、まだよ！　仕事を頼むかもしれないって、それだけ……」

「連絡先は？」

「こ、交換したわよ。――って、ちょっと！」

慧は綾乃に断ることなく、隣に放ってあった彼女のカバンを探り始める。そして、彼女のスマホを見つけると、手早くロックを解除した。

「なんで慧が暗証番号を知ってるのよ！」

「そんなことを訴えるのなら、まずは暗証番号をご自分の誕生日にしないことです。危機管理が足りませんよ？」

「危機管理って！　というか、何してるのよ！」

「綾乃様が偽の恋人を頼む予定の鈴木って方は、この方のことですか？」

慧が見せた画面には、『鈴木隼人』の文字。番号もメルアドも彼のもので間違いない。

「そ、そうだけど……」

「そうですか」

慧がまたスマホを操作する。そして、一分足らずで何かを終えた彼は、「どうぞ」とスマホを綾乃の元へ返してきた。

嫌な予感を感じた綾乃は隼人の連絡先を探す。しかし、それは案の定、どこにも見つからなかった。メッセージの履歴まで削除してある。

「慧、何してるのよ！」

「何って、必要ないものを消しただけですが？」

「必要のないものって……」

「綾乃様はご自分の立場をお忘れですか？　貴女は鳳条家のご令嬢ですよ？　知らない人に自分の連絡先を教えて、何かあったらどうするんですか？」

「べ、別にいいじゃない！　仕事の人には教えてるんだし。それに、こっちのスマホなんだから、何も問題ないでしょう？」

綾乃はスマホを二つ持っていた。一つは『北条綾乃』としてのスマホ。これは主に、会社の人間や綾乃のことを知らない知人などと連絡をとるためのものだ。もう一つは綾乃がプライベートで使うためのスマホ。こちらには基本、彼女が『鳳条綾乃』だと知っている人間の連絡先しか入っていない。

隼人に教えたのは、前者のスマホの連絡先だった。

「今は問題ないかもしれませんが、綾乃様はその方に自分が『鳳条家の人間だ』と言うつもりなのでしょう？　それなら、相手にとってその連絡先は重要なものとなり得ます。……どこまで危機感がないんですか。貴女は……」

いつも以上に辛辣な彼に、綾乃は怒りのまま勢いよく立ち上がる。

「そんなふうに言わなくてもいいでしょ！　というか、もし何かされそうならスマホごと連絡先を破棄すればいいだけの話じゃない！」

「そうは言いますが……」

「今日の貴方、なんだかちょっとピリピリしすぎよ！　私が迂闊《うかつ》なのはそうかもしれないけれど、いつもの貴方ならスマホに入ってる連絡先を消して『馬鹿なこと考えてないで、お風呂にでも入ってきてください』で話を終わらすじゃない！」

その言葉に慧は口をつぐむ。

綾乃は綾乃で、口をへの字に曲げたまま、そんな彼と対峙《たいじ》していた。

「……もしかして慧、ヤキモチでも妬《や》いているの？」

「は？」

「だってそうでしょう？　この話をしてからじゃない！　貴方の機嫌が悪くなったのって」

そう言いながらも本当はわかっていた。慧がヤキモチなんか妬くはずがない、と。

だって彼は、清太郎が決めた婚約者を、彼女に勧めてくるのだ。むしろ乗り気という感じで。それはつまり、慧は綾乃が誰かとそういう関係になるのが嫌なわけではないという証明である。

慧は誰よりも綾乃のことを考えてくれるが、彼が綾乃に向けている感情はきっと、ヤキモチを妬くようなものではない。

（そんなこと、分かり切っているはずなのに……）

自分自身でたどりついた事実に、なぜかちょっと胸が痛んだ。理由はよくわからない。

綾乃は一息つくと、黙ったままの彼を見上げた。

「そうじゃないなら、別にいいでしょう？　結婚相手は、ちゃんと貴方もお爺さまも認める相手にするから！　ただ、私はもうちょっと時間がほし――」

「妬いていますよ」

「へ？」

「ヤキモチ」

その瞬間、手首を取られた。近くに迫った顔に、綾乃はたたらを踏み、ソファーに尻から落ちる。そうして、目を開けた先には、慧がいた。

彼はソファーの背もたれに綾乃の手首を摑《つか》んでいない方の手を置くと、綾乃を自身の籠の中にすっぽりと収める。

自分がどういう状況に陥っているか理解した綾乃は、一瞬にして頬を赤く染めた。しかし、逃げようにも彼の手がまるで鎖のように綾乃の手首を摑んで離さない。

「ちょっと、慧！　この冗談は笑えな――」

「私の気持ちにはまだ気がつきませんか？」

遮られるようにそう言われ、思考が停止した。

彼の言う『私の気持ち』と言うのがなんなのかわからない。頭には一つの可能性が浮かんでいるけれど、だとしてもそれはありえないと先ほど否定したばかりの感情である。

手首を摑んでいた手が離れ、綾乃の頬に触れる。そのままわずかに上を向かされた。

自分の状態を疑問に思った時にはもう遅かった。

最初に唇に触れたのは、彼のわずかな吐息。躊躇《ためら》うように一度だけ止まった後、彼は優しく唇を合わせてくる。

（え――）

今まで感じたことのない柔らかい感触に、綾乃の身体は硬直した。それをどう取ったのか、慧は一度唇を離し、次は角度を変えて、もう一度啄《ついば》んでくる。いつも額にしてくれるキスとは意味合いの違うキスに、綾乃は混乱したまま彼の服をぎゅっと摑んだ。

その初心な反応に、彼の気配が笑む。

どのくらい経《た》ったのだろうか。数秒だったのかもしれないし、数分だったのかもしれな

い。しばらくの後に、慧はわずかなリップ音だけを残し、彼女から離れた。

「あ、あの！　慧⁉」

「今日はもう、私は上がらせてもらいますね」

「ちょ、ちょっと！」

いつも通りにそれだけ言って、彼は綾乃に背を向けた。まるで先ほどのことなど覚えていないと言った感じの態度である。

「おやすみなさいませ、綾乃様」

振り返ってそれだけ言った後、彼はリビングの扉から出ていく。

綾乃は先ほどまで繋《つな》がっていた唇を自分自身の指で撫《な》でた後、「ちょ、ちょっと、どういうこと……」と泣きそうな声で呟くのだった。

◆◇◆

「何をやってるんだ、俺は……」

慧がそうごちたのは、割り当てられた自分の部屋に帰ってすぐのことだった。

たった今入ってきた扉に背を預け、彼は額を押さえる。感情を抑え込むのは得意だし、表情だっていくらでも繕えるように訓練してきているのに、今日はどうも調子が悪かった。

それもこれも、綾乃があんなことを言い始めたからである。

『見つかったかもしれないの！　偽の恋人候補！』

『結構理想通りの人なのよ？　身長は高いし、顔も一般的にはかっこいい部類の人だと思うし！　家柄はわからないけど、話がうまそうだからお爺さまの話にもなんとかついていけそうだし！』

彼女があんなに楽しそうに他の男のことを自慢してくるだなんて今までなかった。好きな人ができたかもしれないと言ってきた時も、告白されたと告げてきた時も、彼女はどこか受け手で、自分から好きになったというよりは相手からの好意に浮き足立っているという印象の方が強かった。だから相手を持ち上げるようなこともしなかったし、過度に褒めるようなこともなかったのだ。だからなのだろう、抑え込んでいたものが噴き出して、繕っていたものはほつれてしまった。

（あんな顔をさせるつもりなんてなかったのに……）

今まで向けられたことがない、驚きと、狼狽えと、怯《おび》えが入り混じったような瞳。あの瞳のことを思い出すだけで、慧の胸は罪悪感でいっぱいになる。唇の感触だけが甘く脳裏に残っているが、それでさえも慧の良心を深く抉った。

扉に背をつけたまま呆然としていると、ポケットに入っていたスマホが鳴る。鳴ると言っても、音が響かないようにバイブレーションだが。

慧は誰からかかってきたのかを確かめることなく電話をとった。「はい。なんでしょうか?」と口を開くと、渋くて低い声が鼓膜を揺らした。

『慧。どうじゃ、最近の綾乃の様子は?』

清太郎の声だ。確かめるべくもなく、これはいつもの定時連絡である。

先ほどの精神的な疲れもあいまってか、慧はネクタイを外しながらいつもより少しだけ低い声を響かせた。

「別に、いつもと変わりませんよ。貴方との約束に間に合わせるために偽物の恋人を用意するのに躍起になっているようですが、ご報告することといえばそれぐらいです」

『あやつも諦めんのぉ。ワシが用意した婚約者じゃ不服なのかの』

「不服というか、単に不安なんだと思いますよ? 綾乃様はああ見えて乙女なところがありますから。『これは政略結婚だから……』と割り切れる方ではないでしょうし……」

『まるで、お前さんの方が綾乃のことを知っているような口振りじゃの』

かかか、と笑う声に、慧は閉口した。確かに、仕事にかまけてあまり関わり合いを持とうとしなかった清太郎よりは、この三年間、一緒に暮らしてきた自分の方が綾乃のことをわかっているかもしれない。だが、それは彼に言うべきことではないだろう。彼が綾乃を心から思っているのは本当のことなのだ。失礼にも程がある。

『それで、妨害はうまく行きそうか?』

「どうでしょう。男の連絡先は消しましたが、あれで諦めるかどうか。まぁ、変なことにはならないように俺がなんとかします」

『昼間の仕事もあるのに、悪いのぉ』

「悪いって思ってないでしょう？」

図星をさされたからか、また彼は、かかか、と声を振るわせた。

「婚約者の件、いつまで黙っておられるつもりですか？」

『なんじゃ？　言いたくなったのか？』

「言いたくなったというか。これ以上の暴走を止めるためには、言った方がいいんじゃないかと思っただけです」

相手さえわかれば、あとは綾乃が判断するだろう。

良いか、悪いか。結婚するのか、しないのか。

『別にワシは、ワシから言う気がないだけで、お前からなら言ってもいいと思っておるんじゃよ？』

「それは……」

『お前が実は皇《すめらぎ》家の御曹司で、綾乃の婚約者だってことを、な』

どこまでも人を小馬鹿にしたような彼の物言いに、慧は自身の髪の毛をかき交ぜるのだった。

第二章

慧が綾乃に初めて会ったのは、彼女が八歳の頃だった。父親の協力会社のレセプションパーティで清太郎が『自慢の孫娘』として連れてきていたのが、綾乃だった。当時の綾乃はハッとするような美女でもなければ、すごく愛嬌《あいきょう》のある子というわけでもなかった。ただ、人並み以上にしっかりとした子、というふうに慧の目には映った。八歳と言えば、まだ小学生だ。二、三年生位だろう。なのに彼女は、大の大人にも臆することなく、それこそ淑女の顔で挨拶をし、けれど子供のあどけなさも忘れずに、というか利用さえもして、上手に立ち振る舞っていた。

（あの古狸《ふるだぬき》の自慢の孫娘なだけはあるな……）

十三歳の慧は、当時の彼女をそんなふうに評していた。

次に会ったのはそれから一年後。たまたま鳳条家に父親と一緒にお邪魔することになった時だった。

当時の慧は軽い反抗期のような感じで、父親に反発してばかりいた。親の敷いたレールの上を歩かないといけないという不自由さや窮屈さにも辟易《へきえき》としていたし、下手に器用だったので、兄弟たちの中でも一際両親や親戚に期待され、その重圧に押しつぶされそうになっていたからだ。

綾乃を見つけたのは、鳳条家敷地内にある広い日本庭園の隅だった。膝を抱えてうずくまっている彼女を最初に見つけた時、慧は一瞬、座敷童《ざしきわらし》にでも会ってしまったのかと思った。なぜなら彼女が着物だったからだ。何かお祝いでもあったのだろう、髪も綺麗に結われており、頭には小さなかんざしが揺れていた。

「なに、見てるの？」

声をかけたのは綾乃からだった。呆然《ぼうぜん》としている慧の視線に気がついたのだろう。彼女は泣き腫らして真っ赤になった目を擦りながら、こちらに振り返る。

慧は未だ立ち上がらない彼女に、一歩歩み寄った。

「……大丈夫か？」

「大丈夫に決まってるでしょ。私を誰だと思ってるの？　鳳条綾乃よ！　大丈夫じゃないとダメなんだから！」

ツンケンとした態度でそう言い、彼女は唇を尖らせる。

そんな子供じみた態度の彼女を慧は放っておくこともできず、さらに歩み寄った。

「泣いていたのか？」

「……ちょ、ちょっとだけね」

「何かあったのか？」

「別に、大したことじゃないわよ」

しばらく黙っていた彼女だったが、ずっとそばにいる慧に根負けしたのだろう、ゆっくりと泣いていた理由を話してくれた。

話を聞けば、彼女は来週から突如イギリスに行くことになったらしい。しかも、三年間も。行っていた小学校は来週いっぱいで行かなくなり、残りは向こうの学校に通うそうなのだ。編入手続きはもう終わっているらしく、綾乃がそのことを聞いたのはついさっき。仲良くなった友人と離れるのが寂しくて、彼女は人目を忍んでここで泣いていたそうなのだ。

「行かなきゃいけないのはわかっているのよ？　でも、寂しいものは寂しいでしょう？」

そう言って彼女は目尻に溜《た》まっていた最後の一雫《ひとしずく》を袖で拭った。

（なんだ、子供らしい部分もあるんだな）

話を聞いた最初の感想がそれだった。

一年前は随分と大人びた印象があった彼女だが、こういう話を聞いているとやはりまだ十歳にもならない女の子なんだなと実感させられる。同時に、自分と同じように誰かの敷いたレールを走らなくてはならない彼女に、妙なシンパシーを感じてしまった。

「大変だな、君も」

「……何が？」

「良いところの子供も大変だよな、って話」

そう言いつつ同じようにしゃがみ込むと、彼女は不思議そうな顔で慧を覗《のぞ》き込《こ》んできた。

「自分の人生なのに、自分じゃない他人に人生を決められるんだ。したいことがあっても、その道には進ませてもらえない。自分は自分のために生まれてきたんじゃなくて、まるで会社の一部になるように生まれてきたみたいで、たまにすごく辛くなる」

胸に蟠《わだかま》っていた思いが勝手に噴き出た。そんな感じだった。こんな小さい子相手に何を言ってるんだと思う反面、同じ状況にある彼女ならわかってくれるんじゃないかというわずかな期待もあった。

だってこんな話、誰にだってできるものじゃない。

事実だけを羅列すれば、きっと自分たちは恵まれていて。自分たちの感じる苦労や苦悩は誰かにとっては自慢にだってなり得てしまう。不満を漏らそうものなら『贅沢《ぜいたく》だ』と叩かれてしまうだろうし、顰蹙《ひんしゅく》だって買うだろう。

それでも辛いものは辛いのだ。吐き出さずにはいられない。

綾乃は訥々《とつとつ》と吐いたその不満を受け止めて、首を傾げた。

「貴方は、何かしたいことがあるの？」

「したいことというか。ＳＮＳとか、動画を配信するプラットホームとか、そういうのに興味があって。これからもっと通信技術が発展してくるだろうから、いずれはホログラムみたいなもので、みんな交流をしていくだろう？　だから、そういう勉強もしてみたくて……」

　慧は少し視線を上げた。

「でも、うちにそういう部署はないし、勉強するなら経営学の方を専攻した方がいいって言われてさ。まぁ、もっともなんだけど……」

「なんか難しいことはよくわからないけれど……」

　綾乃はそう言葉を区切ると、本当に不思議そうに首を傾げた。

「ないのなら、自分で作れば良いんじゃないかしら？」

「え？」

「だって、無い物ねだりをしてもしょうがないじゃない。ないのならば、作れば良いと思うの。作れば、できるわ。そうしたら貴方もしたいことができるんじゃない？」

　彼女は『無い物ねだり』の意味を履き違えている。あれは何かを諦める時の常套句《じょうとうく》だ。

なのに彼女は、何一つ諦めることのない道を提示してくれた。

　なければ作ればいい。そんな簡単なこと、今まで全く思いつきもしなかった。

「そっか、なければ作れば良いのか」

そうこぼした声はきっと彼女に届かなかった。

「君は強いな」

「当たり前でしょう？　私は鳳条綾乃なんだから！」

もう涙を流していない真っ赤な目を細めながら、彼女はそう言って胸を叩いた。


それからしばらく彼女に会うことはなかった。

会う理由も、機会もなかったし。自分が会社を立ち上げるのに忙しくしていたというのもある。いきなりグループ会社の中にそういう部署を立ち上げるのには障害が多くて、それならば自分で会社を作った方が早いと一念発起したのだ。自分がグループを継ぐ時に会社をグループの傘下に加えればいい。

高校生で起業だなんて……と言う人間もいたが、意外なことに父は何も言わなかったし、会社自体はいろんな人の助けもあって大学二年生になる頃には、なんとか軌道に乗った。

それからはもう、色々と夢中だった。

わずかにあった父親との確執や蟠りも気がつけばなくなっており、尊敬とまではいかないが、立派に会社を支えている父のことを敬うようにはなっていた。

「お前に縁談があるんだが」

それを告げられたのは、三年ほど前のことだった。

父の言葉に一瞬は驚いたが、しかし、すぐに飲み込むことができた。もう自分も二十代後半だ。そろそろそういう話がきてもおかしくはない。

「お相手は誰ですか？」

当たり前のことを当たり前に聞いたはずだったのだが、父はその質問に渋い顔をした。

「相手はお前も知っている子だ。鳳条家の……」

「彼女が？」

久しぶりに思い出した顔だった。といっても、慧の中での彼女の顔は九歳の頃から全く変わっていないのだが。でも、自分が二十代後半なのだから、そうか彼女もそういう時期か……と妙に納得してしまったのを今でも覚えている。それと同時に彼女でよかった、と安心したりもした。会ったこともない、家から出たこともない、本当の箱入り娘を手渡されても手に余る。噂《うわさ》に聞く彼女の動向は箱入り娘とは真逆だし、性格だって今はわからないがあの頃は妙に合うような気がした。

「わかりました。俺としては問題ないので、このまま縁談を進めてもらっても問題はありません」

実際に会って問題があるようならばその時考えればいいと、そう返事したのだが、父親だけが妙に晴れない顔でさらにこう続けた。

「実はこの縁談は、少しだけ特殊でな」

「特殊？」

「まぁ、どう特殊なのかは、実際に会って聞いてみてくれ。私も清太郎さんの考えることはよくわからん」

そう言われ、勧められるがまま清太郎に会いに行ったのだが……


「どこまで聞いておるかわからんが、実は、あのバカ孫の婚約者を探しておってな」

久々にあった清太郎は目尻の皺を深めて、そう話を切り出してきた。

話としては、どこにでもあるような話で。分家に妙な力を持たれても困るし、愛のある結婚をしてほしいから、別に婚約者を作ってやりたいとかいう、そういう話だった。

「ということで、綾乃と一緒に暮らしてもらいたいんじゃが」

「はい？」

「もちろん家はこちらが用意するし、お主は何も用意せんでいい」

声をうわずらせたのはそんな斜め上の心配をしているからではないのだが、清太郎は蓄えた髭を触りながらそんなフォローを入れてくる。

「その、いきなり同棲《どうせい》というのは向こうも気を使うんじゃないですか？　それに、ちゃんと綾乃さんの了承は……」

「了承なんかとっておるわけないじゃろ！　あやつ、ワシのやることなすこと、なんでも否定してくるからな！」

そんなんだから否定されるんじゃないのか。

そう言いたいのをグッと我慢して、慧は一つ咳払《せきばら》いをした。

「それに、同棲と言っても結婚を前提にした同棲というわけじゃない。お互いに相手に不満があったらそれで終わり、そういう同棲じゃ！」

つまり、同棲期間中に恋愛をしろ、無理ならいつ同棲を解消しても構わない、という話らしい。他には一年ごとにこのまま同棲を続けるかお互いに確認をするという話もあった。

(愛のある結婚を……というのはあながち嘘でもないわけか)

無理やり同じ家に詰めて相性を確かめ合わせるというのは、動物園の動物のようでちょっと気がひけるが、それでも出ていける自由がある分、普通の政略結婚よりは随分と緩いだろう。

いきなり同棲。しかも婚約する前に……というのは正直面食らったが、それでも断る理由がなかなか思いつかなくて、慧は一つ頷いた。

「わかりました。とりあえず私の方はお引き受けします。できれば、綾乃さんの方にも確認を……」

「それじゃ、執事としてよろしくな！」

「…………はい？」

「だから、皇家の御曹司としてではなく、執事として一緒に暮らしてほしいんじゃよ」

耄碌《もうろく》したのかこのジジイ……と思ったことは秘密である。

あまりの意味のわからなさに眉間を揉《も》むと、彼はいつものように肩を揺らしながら快活に笑う。

「あの跳ねっ返り娘、同棲相手が皇家の御曹司だってわかったら絶対猫被るからな。それどころか同棲自体も嫌がるかもしれんし！　何より、お主に素の顔を見せることは絶対にないじゃろうしな！　だってほら、ワシがそう育てたしな」

確かに、最初に会った時の彼女は鉄壁の仮面をかぶっていた。経済界の大物とだって臆することなく会話をし、子供らしさを利用するという、最も子供らしくない一面だって見せつけていた。

次に会った時の彼女がその時より幾分か子供らしかったのは、きっと慧のことを何一つ知らなかったからだ。あの時、慧は綾乃のことを覚えていたけれど、彼は彼女に名前も苗字も名乗らなかった。綾乃の中で、あの時の慧はきっと使用人の子供ぐらいに映ったのかもしれない。

いちいち的確で、いちいち癪《しゃく》にさわる。

そして――

「もし、私が断ったらどうなるんですか？」

「その時は、別の人間をあてがうだけじゃな。綾乃に面識があまりなく、あの子のことを大切にしてくれそうな人間は……まぁ、お主だけではないじゃろうからな」

そう言われたら、自分が断れないだろうということも見抜かれているような気がした。

（あれから三年か……）

慧は朝の身支度をしながら、息を吐く。鏡に映っている自分はいつものように燕尾服姿だ。

この『執事ごっこ』にも、もう随分と慣れてしまった。最初の頃は、本当の仕事との二重生活は正直辛いこともあったが、掃除や洗濯、夕食作りなどは他に委託をしているのでなんとかなった。

（それに――）

『慧、いつもありがとうね』

『おかえりなさい！　今日は随分遅かったのね』

『今日は慧のためにケーキを焼いてみたのよ！』

彼女の身内にだけ向けるあのあどけない笑みに救われた節はある。

一緒に暮らしてみて、綾乃のことでわかったことがたくさんあった。

まず、朝があまり得意ではないこと。次に、意外とおしゃべり好きだということ。恥ずかしがり屋で、愛読書は少女漫画だというのにもちょっとびっくりしたし、動物が死ぬような映画を見て号泣し、バラエティ番組を見て声をあげながら笑うという、感情豊かな一面にも最初は驚いてしまった。

それに、努力家で、真面目で、ひたむきな面。仕事でわからないところはとことん調べて、怒られたところは改善する。自身の生まれを鼻にかけないところも好感が持てたし、率先して動こうとする姿勢にも感心してしまった。

そんな綾乃のことを好きになるのに、時間はそんなにかからなかった。

『さて、三年経ったが、そろそろ気持ちは固まったか？』

先日、清太郎に呼び出され、それだけ確認された。

毎年、このぐらいの時期になると『来年からはどうする？』と気持ちを確認されてきたが、わずかに違う彼の声のトーンに、それが最後なのだということを知った。

『ここで頷いたら、そういうことだというふうにとるぞ？』

まわりくどくそう気持ちを確かめられ、慧は短く息を吐いた。

『俺は、綾乃さんと結婚します』

『させてください』でも『しようと思います』でもなかったのは、自分の気持ちを正しく彼に伝えるためだった。彼に直接言うのはさすがに羞恥が勝ったが、それでも、ちゃんと気持ちを伝えておいた方がいいと思ったのだ。

清太郎は慧の答えに満面の笑みを浮かべ、そして、次にこう言った。

『それじゃ、来月の綾乃の誕生日パーティで、サプライズ発表じゃな！』

『あの、本人にはいつ……』

『綾乃にも当日伝えるつもりじゃよ！』

（ふざけてる……！）

なんでどうして、そういうことになるんだろうか。本当に意味がわからない。

慧は熱したフライパンで音を立てる卵液を、乱暴にかき混ぜる。作っているのは綾乃と自分の朝食だ。これはスクランブルエッグになる予定のものである。

（しかも、俺が自分で言っていいとか。今更言えるわけがないだろう！）

正直、関係を作りすぎた。いい執事といい主人。二人の関係はそれに落ち着いてしまっている。今ここで『実は自分が婚約者で、一緒に住んでいたのはお互いの気持ちを確かめるためでした！』と明かせば、きっと綾乃は混乱してしまうだろうし、怒ってしまうだろう。伝え方を少しでも間違えれば『騙していたのね！』と嫌われてしまう気もする。というか、嫌われるだろう。そのぐらいのことは、この三年間でわかるようになってしまった。

『そうね、「鳳条家の令嬢」としての私じゃなくて、私自身を見てくれる人がいいわ。あと、嘘をつかない人。家しか見ていない人は、大体私に嘘をつくもの』

どんな婚約者ならいいかと聞いた時の、綾乃の言葉が蘇《よみがえ》ってくる。

これじゃ全くの真逆だ。嘘はついているし、騙しているし、こんな状態で『「鳳条家の令嬢」としてじゃなく綾乃自身のことを見ている』なんて言っても、信じてくれるわけがない。というか、この状況でどのツラ下げて大切にするなんて言えばいいのだろうか。

「どうするか……」

そう呟くと同時に階段の方で気配がした。顔を向けると、綾乃が目を擦りながらゆっくりと階段を下りてきている。今日はどうやら起こしに行かなくてもいいようだ。

「おはようございます、綾乃様」

いつものように声をかけると、彼女は頬を真っ赤に染め、泣きそうな表情になった。唇に手を当てているその様子からして、彼女の心中は筒抜けである。

(そういえば、これもなんとかしないといけなかったな)

謝るべきか。このまま流すべきか。

自分がやらかしてしまったとはいえ、慧はどう処理したらいいのかわからなかった。

◆◇◆

あれから脳裏に蘇るのは、彼の真剣な瞳――

『妬いていますよ。ヤキモチ』

いきなり摑まれた手首の熱さに驚いて、逃げようと思ったらソファーに座り込んでしまった。逃げ場を塞がれたと思ってからは思考が停止して、それからはもうよく覚えていない。ただ――

『私の気持ちにはまだ気がつきませんか？』

その言葉が耳にこびりついて離れなかった。

（というか、『私の気持ち』ってなんなのよ‼）

慧によくわからないキスをされた翌日、綾乃は会社の食堂でそうフォークを握りしめた。その怒りのままペスカトーレのエビにフォークを突き刺せば、正面で同じものを食べていた愛海の身体が跳ねる。

「綾乃。やっぱり、昨日のこと怒ってる？」

「あ、ごめん。そういうわけじゃないんだ！　ちょっと別のことで……」

恐々と聞いてくる愛海に綾乃はそうフォローを入れた。すると愛海は「別のこと？」と首を傾げる。

どうやら愛海と湊の出来立てほやほやカップルは、昨夜店を出た後、二人で愛海の部屋に行き、一緒に夜を明かしたらしい。最初はどこかお店に入って飲もうかという話だったらしいのだが、通り雨に降られてしまい、「私の部屋、近くなんだけど……」と愛海から彼を誘ったらしいのだ。そして、そのまま盛り上がり一夜を共に……。その時の彼が優しかったとか、実は数ヶ月前から二人は両想いだったとか、そういう話を彼女は「昨日は放置しちゃってごめんね」と謝りを入れつつ報告してくれていたのだ。

その話の最中に綾乃が苛立ったようにエビをフォークで突き刺すので、愛海は昨日のことで綾乃は怒っていると勘違いしてしまったらしい。

「別のことって何かあったの？」

先ほどの綾乃の一言が気になったのだろう、愛海は先ほどまでの心配そうな顔を収めて顔を寄せてくる。綾乃はパスタをフォークに巻き付けながら、「えっと、まぁ……」と頷いた。すると彼女はさらに興味を持ってくる。

「なになに？　男？　もしかして、昨日悩んでいたこと？」

「昨日？　あぁ。昨日のとはまたちょっと違う悩みで……」

愛海の言う『昨日悩んでいたこと』というのは、偽の恋人の件だ。

慧が連絡先を消したために振り出しに戻ってしまった偽の恋人探しだが、今はそれよりもこちらの方が綾乃的には問題だった。なにせ、兄のように慕い、家族同然に思っていた人間からの突然のキス。大問題も大問題だ。

「そんなに大変な悩み事なら、私が話を聞いてあげようか？　ほら、人に話したら何かいい考えが浮かぶかもしれないでしょ？」

完全に野次馬《やじうま》根性丸出しだ。面白がっているし、楽しんでいる。ただ彼女の言っていることも一理あるのだ。これはもう一人で抱えるにはちょっと大きすぎる問題かもしれない。特に、今までまともな恋愛一つしたことがない綾乃にはちょっと荷が勝ちすぎている。

（昨日だってまともに寝れなかったしね……）

どうして慧があんなことをしたのか。彼の言葉の真意はどこにあるのか。もしかして慧は自分のことを好きなのだろうか。いいやでも、清太郎が勝手に決めた婚約者との縁談は進めようとするし……。それじゃぁ、まさか冗談であんなことをしたのだろうか……。と色々と考えてしまい、結局、明け方近くまで眠れなかったのだ。

なのに、もう一人の当事者はいつもと同じ時間にきっちりと起きていて、スクランブルエッグを作りながら『おはようございます、綾乃様』と呑気《のんき》に言ってのけたのだ。これには、腹が立つやら恥ずかしいやらで。今日は彼と一言も喋《しゃべ》ることなく『怒ってます』という態度丸出しで、会社まで逃げてきたのである。

「ほら、言ってみなさいよ」

「笑わない？」

その言葉を信じて、綾乃は昨日起こったことを訥々と愛海に相談したのだった。

「言わないわ」

「誰にも言わない？」

「笑わない」

「『今まで家族同然だと思っていた男にキスされた』ねぇ。なんかドラマみたいな話ね！」

「楽しそうに言わないでよ。こっちは真剣に悩んでるんだからー」

「ごめんごめん。でも、綾乃にそういう男友達がいるってなんだかちょっと意外だわ！」

まさか自分の家に執事がいるなんて言えない綾乃は、慧のことを『執事』ではなく『兄のように思っていた男友達』と紹介していた。実際、綾乃にとってはそういう存在だし、だからこその青天《せいてん》の霹靂《へきれき》だったのだ。

「でも、たかがキスでしょう？　高校生じゃないんだから、そこまで狼狽えなくてもいいんじゃない？」

「……最近の高校生って、そんなに進んでるの？」

驚愕《きょうがく》の顔で固まる綾乃に愛海は「綾乃って箱入り娘みたいよね」と少し呆れたような声を出す。確かに、箱入り娘は箱入り娘だ。というか、そんじょそこらの箱ではない。プラチナの箱に入っている、箱入り娘だ。

「で、その男とどうするつもりなの？」

「どうするって……、別に告白されたわけじゃないし。相手の気持ちもわからないし」

「好きだって言われたら付き合うの？」

「そ、それは……」

綾乃はじっと俯《うつむ》いた。慧のことはもちろん好きだが、自分の中の彼への気持ちがそういう好きなのかはわからない。そもそも、今までそんなことを考えたこともなかったのだ。いつも澄ましていて、なんでもズバズバと言ってくる、だけど心底綾乃には甘い慧が自分のことを好きだなんて、思ったこともなかった。

（というか、そういうの考えるのまだ早くない？　勘違いだったら恥ずかしいし……）

だって、好きだと言われたわけではないのだ。彼の言う『私の気持ち』というものを、綾乃はちゃんと聞いたわけではない。慧に限って万に一もないだろうが、揶揄われたという可能性もゼロではないだろう。

綾乃の反応に、愛海は「うーん」と首を捻る。

「まぁ、男って割と衝動で動く生き物だからね。近くに好みの女の顔があったから……とか、雰囲気で……とか、よく聞く話じゃない？」

「そ、そうなの⁉　衝動で？」

「まぁ、私もすごく男性経験が豊富ってわけじゃないからわからないけれど、一般的にはそうなんじゃない？　『下半身と脳が直結してる』なんて言う人もいるし」

「下半身と脳が直結……」

あまりのパワーワードに、綾乃は持っていたフォークを落としてしまう。

しかし、それを拾う余裕が、その時の綾乃にはなかった。

「綾乃、気が強いんだけど結構隙があるから、向こうも魔が差したんじゃない？」

「慧に魔が差す」

あの、辛辣ドSに魔が差す……なんてこと、あるわけがないとは思うのだが、愛海は自分より遥《はる》かに恋愛経験が豊富だ。もしかすると、もしかするかもしれない。

「とまぁ、ここまで色々と並べてみたけど。その人の本当の気持ちなんて、外側からはわからないものよね。自分の気持ちだってわからない時があるぐらいだし。相手の気持ちなんて推し量る方が無理ってものよ」

「ね、ねぇ。それじゃ、本当の気持ちって、どうやったらわかるのかな？　直接聞いたらいい？　メッセージとか送ったら、答えてくれるかな」

「答えてくれるわけないでしょう？」

ピシャリと告げられたその言葉に綾乃は「えぇ！」と声を荒らげてしまう。狼狽える彼女に、愛海は人差し指を立てた。

「キスした段階で言ってこないなら、直接聞いたってはぐらかされるに決まってるわよ」

「そ、そっか……」

「こういう時はね、デートよ！」

「デ、デート⁉」

綾乃はひっくり返った声をあげる。

「わ、私たちまだ付き合ってもないのに？」

「どんだけ箱入りなのよ。今時、付き合ってなくてもデートぐらいするわよ」

「そ、そうなのね」

同じ国に住んでいるはずなのに、カルチャーショックである。

愛海はまるで先生が生徒にものを教えるように人差し指を立てた。

「デートをして相手の気持ちを探るの。相手だっていい雰囲気になればぽろっと自分の気持ちを吐くかもしれないし！　綾乃だって、直接『好き』って言ってもらいたいでしょう」

「そ、そうね！　それは確かに！」

「ってことで、はいこれ」

「……なにこれ？」

手渡されたのは二枚の紙だった。チケットのようなそれには、『パンケーキ無料』と書かれている。どうやらクーポンのようだ。

「昨日ね、湊くんと歩いている時にもらったの。今日オープンなんだって！　ほら、綾乃には昨日の恩もあるから。お礼に」

「あ、ありがとう……」

「そういうのがあったら、デートにも誘いやすいでしょう？」

そう言って愛海は可愛らしくウィンクをする。

綾乃は手渡された二枚のチケットを見つめた後、何かを決意したかのようにしっかりと頷くのだった。

◆◇◆

その日、仕事を終えて家に帰ってきた綾乃は、いつになく緊張していた。

ソファーに座り、深呼吸をする。食事も終えた彼女の手には、昼間愛海からもらった二枚のクーポン券が握られていた。

（さりげなく、いつも通りに！）

男性をデートに誘うなんて、初めての経験だ。

綾乃は目を瞑りながら、何度もこれからの会話を頭の中でシミュレーションする。

『慧。愛海からこういうクーポンもらったんだけど、一緒に行かない？』

『私とですか？　ええ、構いませんよ』

『それじゃぁ、日曜日に一緒に行きましょう！』


（よし！　完璧！）

なんてことのない会話だが、シミュレーションは大切だ。それをしているとしていないとでは、いざというときの成功率が全然違う。綾乃はまるで自分を鼓舞するように両手で頬を軽く叩いた後、勢いよく立ち上がった。そして後で食器を下げている慧を振り返る。

「ねぇ、慧」

「綾乃様」

見事に声が被り、出鼻をくじかれてしまった。

勢いを削《そ》がれた綾乃は、オロオロと視線を彷徨《さまよ》わせる。

「なんでしょうか？」

「い、いいの！　慧から話して。私の用事は後からで大丈夫だから」

綾乃の様子を不審に思ったのだろう、慧は「いいんですか？」と再度綾乃に確認をして、話し始めた。

「実は今日、清太郎様の用事でパレスの前を通ったのですが」

「パレスって、あの、パレス？」

その名前を聞いた瞬間、綾乃の顔が輝いた。

パレスというのは、駅前にあるケーキ屋の名前だった。一年前にできたそこは、豊富な種類のケーキを取《と》り揃《そろ》えている、綾乃のお気に入りのお店である。モンブランも、チョコレートケーキも、ベイクドチーズケーキも、ガトーショコラも、レアチーズケーキも、ミルクレープも。そのお店に並んでいるケーキはどれも美味しいのだが、綾乃が一番好きなのはショートケーキだった。ふわふわのスポンジに、甘すぎないクリーム。載っているイチゴも大粒で、果汁がすごいのだ。全てが一級品なのに、値段がお手頃価格なのも気に入っているところである。

「そこでケーキを買ってきたのですが、一緒にどうですか？」

「食べる！」

持っていたクーポンのことなど忘れて、綾乃はそう元気に声をあげた。

慧が買ってきてくれたのは、やっぱりショートケーキだった。むしろ、『さすがショートケーキだった』と言った方がいいかもしれない。慧は綾乃の好みをよくわかっている。

綾乃は目の前のケーキをフォークで切り分けると、口の中に入れた。

ふわふわのスポンジがあっという間に溶けて、後をひかないクリームの甘みが口腔《こうこう》内を占領する。

綾乃は頬に手を当てながら、「んー！」と声をあげた。

「美味しい！　慧、ありがとう！」

「機嫌が直られたようでよかったです」

「え？」

「今朝からずっと怒っておられたでしょう？」

瞬間、綾乃は自分が慧に怒っていた事実を思い出した。

脳裏に蘇るのは、いつも通りのどこか冷めた顔で『おはようございます』と言ってのける彼の姿。眠れなかったのも、モヤモヤしていたのも自分だけだということに気がついて、そのあまりの虚《むな》しさに腹が立ったのだ。

そして『朝ごはんなんかいらない！　慧の馬鹿！』と再び部屋にこもってしまったのである。

あの時の怒りは本物だし、愛海に相談するまではずっとモヤモヤとしていたのだ。しかし、悩み事を相談して、慧をデートに誘うぞ！　と決意してからは、もうほとんど彼に対する怒りなんて忘れてしまっていた。さらに、お気に入りのお店のケーキまで出され、慧が指摘するまでは、どちらかといえば機嫌がよかった方である。

（私って本当、単純……）

元々怒りが持続しないタイプだが、さすがに今朝のはもう少し怒っておいてもよかったんじゃないかと思う。正当性は自分にあったし、あと一日ぐらいぷりぷりしていても誰も綾乃を責めなかっただろう。

（――というか私、デートに誘う件も忘れてたじゃない！）

おそるべしケーキの力！　である。

「あの、昨日の件は――」

「慧！」

喋ろうとした彼を遮って、綾乃は声をあげる。これ以上惑わされてたまるかと思ったためか、その声は必要以上に大きかった。その鬼気迫る様子に慧は驚きつつも「はい？」と首を傾げる。

「えっとね、あのね……」

「はい」

「あ、あの……」

しかし、あとが続かなかった。あんなにいっぱい脳内でシミュレーションをしたのに、口から出すべき言葉もわかっているのに、音になるのは「あの」とか「えっと」といった、意味のない言葉ばかりだ。

「何かお悩み事ですか？　……もしかして、あの男に何か言われましたか？　確か名前は、鈴木、でしたか」

「ち、違う！　彼のことじゃなくてね！」

「それならなんですか？　もしかして、体調でも？」

そう言いながら慧は綾乃に手を伸ばす。昨日のことを思い出したのか、綾乃の身体は自然と縮こまった。彼の冷たい手のひらが額に触れる。

「少し体温が高い気もしますが、まぁ、これぐらいなら平熱ですね」

慧は淡々とそう言い、綾乃の額から手を離した。

なんだか、彼のそんな様子も悔しい。こっちはこんなにドキドキしているのに、そっちがそんなに平然としているだなんて、これでは本当にただの綾乃の一人相撲じゃないか。

（慧の気持ち、ちゃんと知らなくっちゃ）

そして、その思いも強くなる。綾乃はもう一度「慧！」と彼の名を呼んだ。

「なんでしょうか？」

「あの、私ね。ここ行きたいの」

「ここ？」

そう言って綾乃は、愛海からもらったクーポンを差し出した。慧はそれを手に取ると、裏面をひっくり返し、住所を確かめる。

「わかりました。それでは今週の日曜日でいいですか？」

「もちろんよ！」

「では、車の手配をしておきますね」

「え？」

なんだろう、この感じ。もしかして、もしかしなくても、彼は綾乃を送迎するつもりなのだろうか。いいや、彼は普段送迎を担当しないから、きっと車を呼んで、運転手に行く場所の住所を伝えて終わりだ。そうだ。そうに違いない。

綾乃の考えを肯定するように、慧はクーポンを彼女に返しつつ、続けてこう発言した。

「ところで、どなたと行かれるのですか？　一応、その方のお名前と連絡先をお聞きしたいのですが……」

「あ、あのね！　私が行きたいのは、貴方とで！」

「はい？　お買い物、ということですか？　荷物持ちなら――」

「だから違うの！」

勢い余って綾乃は立ち上がった。

心臓がバクバクと嫌な音を立てて、汗が噴き出る。きっと顔は、今までに見たことがないくらい真っ赤になってしまっているだろう。

「私はデートをしようって言ってるの！」

「はい？」

「だからデート！　一緒に出かけるの！」

慧は心底意味がわからないというような顔をして、しばらく固まった後、恐る恐るといった感じで口を開いた。

「その口ぶりからすると、私と貴女がデートをするという認識になるのですが。それでよろしいですか？」

「そ、その認識であっているわ」

「どうしてまたそんな……」

「それは……」

慧が「それは？」と言葉を促してくる。しかし、綾乃にはそれに続けられる言葉がなかった。だって、馬鹿正直に『貴方の気持ちが知りたいの！』なんて言えるはずがない。というか、そんなことが言えていたらここまで苦労はしていないのだ。

綾乃はしばらく自身のつま先を見つめ逡巡《しゅんじゅん》した後に、はっと顔を跳ね上げた。

「予行練習！」

「はい？」

「ほ、ほら。お爺さまの決めた婚約者となのかはわからないけれど、私もいずれ誰かと結婚するわけじゃない？　それでその人といつかデートをするかもしれないでしょ？　でも私、今まで男性とデートなんてしたことがないから、実際どんなことをするのかわからないし！　だから、予行練習をしておこうと思って！」

「それで、私、ですか」

「そう！　……もちろん、慧が嫌ならしょうがないんだけど」

ここにきて急に弱気になってしまう。今まで全く思い至らなかったが、慧に断られてしまう可能性もゼロではないのだ。もし、彼の気持ちが自分に全く向いていなかった場合、好きでもない女とのデートなんて、面倒臭いだけだろう。

黙り込んでしまった慧に、綾乃は息を止めた。

（やっぱり、嫌だったかしら……）

それもそうか。こんなことに付き合うのは執事の仕事ではない。彼だって会わなくてもいい時間まで雇用主に会いたいわけないだろう。それに、自分と一緒に出かけても、慧にはなんのメリットもないし、行く理由はない。

綾乃は差し出していた手を、クーポンごと胸元へ引き寄せた。

「あ、その。やっぱり――」

「いいですよ」

そういうと同時に、二枚あるうちの一枚のクーポンが手から抜かれる。

信じられない面持ちで慧を見つめると、彼は、握りしめて皺くちゃになったクーポンをヒラヒラと揺らして見せた。

「その代わり、ちゃんとデートですからね」

「え？　うん。もちろんよ」

言っていることの意味がわからずにそう頷くと、彼は「それでは日曜日、楽しみにしていますね」と唇を引き上げるのだった。

◆◇◆

その日は、この上ないデート日和だった。

雲一つない青空に、芽吹き始めた新緑。漂い始めた夏の気配に浮かれた人々の足取りはどこか軽く、表情にも笑顔が滲み出ている。

黒いノースリーブのカットソーに、サーモンピンク色のロングスカート。動きやすい低めのオープントゥーのパンプスという、夏のデート服に身を包んだ綾乃は、駅前にあるショーウィンドウを背に、緊張で身体をこわばらせていた。

「慧、まだかな……」

綾乃は腕につけた時計を見ながらそうこぼす。

別に慧が遅れているわけではない。綾乃が早く着きすぎているのだ。待ち合わせの時間は十時だが、現在は九時四十分。どのくらい早く着いていればいいのかわからなかったので、三十分ほど前に着き、それからずっとここで彼を待っていた。

同じ家に住んでいるのに待ち合わせをしているのは、その方がデートらしいからだ。こうなったらとことんデートらしいことをしようと、綾乃から提案した結果である。そのために昨日は実家の方へ戻り、そこから家を出たのだ。

「デート服ってこんな感じでよかったかしら。へ、変じゃないわよね」

普段はお嬢様らしい、かっちりとした襟付きの服ばかり。こういう服はあまり持っていなかったのだが、明日がデートだからとネットで必死に調べ、その日のうちに買いに行ったのだ。

後ろを振り返り、ショーウィンドウのガラスに映った自分を確かめる。なんだかちょっと浮き足だったその姿に少し恥ずかしくなり、「でもこれはデートだから！」と何度も自分に言い聞かせた。

「慧、どんな格好で来るのかしら。まさかいつもの格好では来ないわよね⁉」

さすがにそれはないと思うのだが、私服姿の慧というのも想像できなかった。もしかして私服は相当ダサかったりするのだろうか。慧ならばなんでもカッコよく着こなせてしまうと思うし、それこそTシャツとジーンズでも様になるとは思うのだが、今まで見たことがない彼の私服姿というものに、色々な想像が頭の中を駆け巡っていた。

（こうしてみると、男性でも色々な服があるのよね）

綾乃はショーウィンドウ越しに、道を歩く人の姿を確かめる。

バリエーションは女性のものよりも少ないかもしれないが、それでもみんな色々な格好をしている。今まであまりそういうことに注目していなかったが、こうしてみるとちょっと興味深い。

（わ！　あの人かっこいい！）

それは遠くに見える男性のシルエットだった。ネイビーのテーラードジャケットに、白のTシャツ。黒いスキニーのパンツが彼の足の長さを引き立てていた。歩きやすいキャンバスシューズを履いた彼は、こちらに向かって歩いてくる。

（モデルさんかしら。さすが、手足が長いわね。身長も高いし……）

感心してしまうほどのスタイルの良さである。距離があるので顔の方は見えないが、彼を振り返る女性たちの数からして、きっと顔もかっこいいのだろう。

（慧もああいう格好で来るのかしら……って、それはさすがに――）

そこまで思って、ようやく綾乃はわずかな違和感を感じ取った。

ショーウィンドウに映っている彼が、真っ直ぐに綾乃を目指しているような気がするのだ。少しもよそ見をすることなく、彼はこちらに歩いてくる。しかもなんだか顔が慧に似ているような気がするのだ。髪の毛の色も輪郭の感じも、腕にしている時計だってなんだか見覚えがあるような気がしてくる。

（まさか……よね）

綾乃はショーウィンドウの方に向いていた身体を正面に向けた。すると、こちらを目指していた男性の顔が上がった。

それは――

「え。慧？」

まさしく彼だった。どこからどう見ても慧である。

もう三年も一緒に暮らしているのだ。絶対に見間違えるはずがない。なのに綾乃は自分の目を擦りたくなった。だって、なんだか彼が彼じゃないみたいなのだ。

慧は驚く綾乃の前で足を止めると、目を細めて、「待たせたか？」と小首を傾げた。

「結構早く来ていたんだな。変な人から声をかけられたりはしなかったか？」

「え？　あ、うん。大丈夫だったわ」

「そうか、それはよかった。綾乃は鈍臭いから、変な男に引っかかってもいけないし」

「綾乃……」

いきなり呼び捨てにされて、なぜか耳が熱くなった。いつもは恭《うやうや》しい態度をとる彼なのに、今日の彼は、なんだかどこにでもいる男性といった感じだ。話し方も砕けているし、なんというか、会話の距離が近い。

こういうのをギャップ萌《も》えというのだろうか。

「どうした？　ぼーっとして」

「ちょっと喋《しゃべ》り方《かた》に違和感があって、その、びっくりしちゃったというか……」

「あぁ。いつも通りの喋り方だと、おかしいだろ。ほら、これはデートなんだし」

「そ、そういうこと？」

「そういうこと」

ようやく彼の言っていた『その代わり、ちゃんとデートですからね』の意味を理解した。つまり、目の前にいる彼は執事じゃないのだ。だから、話し方も砕けているし、名前に様だってつけない。

「今日は一人の男としてここにいるからな」

その言葉に今度は頬が熱くなった。彼は当たり前のことを言っているのだし、そこに深い意味はないとはわかっているのだが、なんだかちょっと恥ずかしい。今の自分たちは『一人の女性と一人の男性』なのだなと思ったら、急に汗が噴き出てくる。

そんな綾乃の心情を知ってか知らずか、慧は綾乃の手に自分の手を重ねてきた。

「へ？」と呆《ほう》けたような声を出せば、「デートだろう？」とさらに指が絡んでくる。

（こ、こんなの恋人同士みたいじゃない！）

そう思ったが、口には出せなかった。だって、これはデートなのだ。むしろ恋人同士の距離感ぐらいがちょうどいい。それぐらい綾乃にもわかっていた。

「それでどこに行きたい？　さっそくあのカフェに行くか？」

「えぇっとそうね……」

(全然、考えてなかったわ……)

『慧とデートに行く』という目的だけが掲げられていて、その肝心のデートで何をするかを考えていなかった。このままクーポンをもらったカフェに行くのも良いが、それだとすぐにデートが終わってしまうのではないだろうか。

(それじゃ、だめなのよね)

綾乃の目的はこのデートを通じて慧の気持ちを探ることなのだ。時間は少ないより多い方がいいに決まっている。つまりこの場合の最適解は、カフェの前にどこか別の場所へ行くことだ。

(でも、こういう場合って、どこに行くのが正解？　水族館とか遊園地とかかしら？　それとももうちょっと雰囲気がいいところ……？)

綾乃の恋愛常識は基本的に少女漫画で作られている。しかも、普段読む少女漫画は学生の甘酸っぱい恋愛を描いたものばかりなのだ。従って、大人の男女のデートスポットなど知らないし、調べてもこなかった。

「えぇっと……」

綾乃が顔を上げると、駅の柱に貼ってある動物園のポスターに目が止まった。どうやらライオンの赤ちゃんが生まれたらしい。この土日は時間限定で公開しているらしく、ふわふわもこもこの、まるでぬいぐるみのようなライオンの赤ちゃんがカメラに向かってポーズを決めていた。その可愛さに頬が緩む。

（ここ、行きたいかも！）

そう思うと同時に、綾乃はハッとしたような顔になると、慌てて首を振った。

（だ、だめよ！　動物園なんて！　ああいうところは家族で行く場所なんだから！）

本当はそういうわけではないのだろうが、綾乃の中ではなんとなくそういうイメージがある。動物を見てはしゃぐ子供に、その子供を見て目を細める両親の絵が、頭の中に思い浮かぶのだ。

（それに私、動物園に行ったら、みっともなくはしゃいじゃいそうな気がするし……）

なぜなら綾乃は、今まで動物園に行ったことがないのだ。

両親は常に仕事で忙しかったし、綾乃も彼らの忙しさをわかっていたから強請《ねだ》ったりもしなかった。その上、幼稚園や学校の行事は警備の面から考えてあんまり参加させてもらえなかったので、今までその機会がなかったのである。

今は大人で、行動にもあまり制限がかからないのだから、行きたいのならばいくらでも行けばいいのだが。今更、一人で動物園になど行く気にはなれず、結局、動物園がどういうところなのかは知っているが、知っているだけ……という状態になっていたのだ。

綾乃は動物園に行きたい気持ちをグッと堪えて、慧を見上げた。

「それじゃ、すいぞ――」

「動物園にしよう」

「へ？」

「動物園。ライオンの赤ちゃんが生まれたらしいぞ」

綾乃が先ほど見ていたポスターを見ながら、慧がそういった。

そんな彼に、綾乃は今にも目玉が転がり出そうなほど、目を見開く。

「ダメか？」

「ダ、ダメじゃないけど……」

ダメじゃない。全然ダメじゃない。むしろ行きたいと思っていたのだ。

だけど――

「で、でも、動物園ってデートらしくなくない？」

「そんなことないだろ？　普通にデートでも行くんじゃないか？」

「それに、私！　すごくはしゃいじゃうかもしれないし……」

「綾乃が子供っぽいなんて、今更だろ」

そうはっと鼻で笑われる。瞬間、すごく恥ずかしくなるのと同時に、胸に温かいものがこみ上げた。なんだか彼に、今のままの自分でいいと言われたような気分になったのだ。

無理して大人ぶる必要はない、と。

だった。

「他に行きたくない理由は？」

「……ないです」

なんだか負けたような気分でそう言うと、彼はまた優しく微笑《ほほえ》んで、綾乃の手を引くのだった。

◆◇◆

まぁるい耳に、しっかりとした太めの足。くりくりとした瞳は真っ黒で、まるで宝石のように輝いている。口からは収め忘れた舌が覗《のぞ》いており、ぽてぽてと歩く様は見ている人々の庇護《ひご》欲を掻《か》き立《た》てた。

（うわあああぁぁぁ、かわいい！）

綾乃は低めの柵の前でぎゅっと胸を押さえる。

可愛い。可愛すぎる。想像していた十倍は可愛い。いや、百倍かもしれない。

ぽてぽてぽて、こてん。ぽて、こてん。

おぼつかない足取りで、走ったり、歩いたり、こけたり。

飼育員さんに掴まり、不服そうに指を甘噛《あまが》みしている様も本当に可愛かった。

綾乃は興奮したように慧の服をついついと引っ張った。

「慧、可愛いわね！」

「あぁ。綾乃みたいだな」

「へ？」

「似てるだろ、ああいうドジっぽいところ」

「似てません！」

慧のあまりの言いように、人目も憚《はばか》らずそう叫んだものだから、赤ちゃんライオンを見ていた観衆の目が一気に綾乃に集まった。綾乃は頬を赤くさせ、小さく縮こまりながら「あ、あの。すみません……」と呟く。観衆の目が再びライオンに戻ると、慧は肩を揺らしながら「だろ?」とこちらを見下ろしてきた。

「慧！」

「ほら、また見られるぞ?」

その余裕綽々《よゆうしゃくしゃく》といった感じの言動と、幼子を見下ろすような視線に腹が立って、綾乃はヒールの踵《かかと》で慧の靴を思いっきり踏みつけるのだった。


それからも色々なところを見て回った。

キリンを見て呆けてみたり、象を見て目を輝かせてみたり。レッサーパンダやカワウソ、オウムにバク、ゴリラやカバなどをまじまじと観察して写真を撮ったりもした。

（動物園ってこんなに面白いところだったのね……！）

綾乃は動物園を一通り回った後、そう感慨に耽《ふけ》っていた。

別に子供の遊び場だと舐《な》めていたわけではないが、こうやって楽しんでみるまでは、ただ単に動物を観察するだけの場所だと思っていた。まさか羊と触れ合えて、モルモットを抱くことができて、猿と綱引きができる場所だなんて思ってもみなかった。

これはもう、ちょっと病みつきになってしまいそうである。

（それにしても……）

綾乃はそばに立つ慧を見上げる。彼の手には先ほど買ったであろうお茶のペットボトルとコーヒーの缶が握られていた。

「ん。お茶でよかったか？」

「ありがとう」

差し出してきたペットボトルを受け取りながら、綾乃は少し不満そうに唇を尖らせた。

（慧ってば、なんだか慣れている感じがするのよね）

動物園に、ではなく、デートに、だ。駅前で手を繋いできたこともそうだが、この動物園でもことあるごとにリードしてくれるし、何でもよく気がついてくれる。段差があれば綾乃が気がつく前に手を差し出してくれるし、疲れたと思ったタイミングで「休憩にしようか」と声をかけてくれる。今だってそうだ。何も言っていないのに飲み物を買ってきてくれて、しかもそれが綾乃の飲みたかったものなのである。

これはおそらく、彼が普段綾乃の執事をしているからではない。

もちろんその要素もあるだろうが、一番は、彼が女性の扱いに慣れているからだ。チャラいとか、軽率とか、そういう話ではないのだが、確実に初めてではない感じが漂ってくる。おそらく彼は、これが初めてのデートではないのだ。

(慧だって、誰かとデートぐらいするわよね！　私と違って恋愛だって色々してきたわけだし、恋人だってそりゃ——)

そう思った瞬間、また唇がとんがった。なんだろうこの胸のモヤモヤは……

(なんだか、慧なのに慧じゃないみたい……)

どちらかといえば慧も自分と同じ種類の人間だと思っていた。

勉強熱心で、仕事人間で、あまり異性に触れ合ったことがない。人当たりはいいけれどそれは仕事だからで、プライベートはもっと気の抜けた感じだと思っていた。こんなにキラキラしているとは思わなかった。こんなにかっこいいとは、思わなかった。

「どうかしたか?」

「ううん。なんでも——」

「なんでもないはなしだぞ?　この俺が、お前の変化を見抜けないわけないだろう?」

その時ばかりは知っている彼の顔で微笑んだ。

それにひどく安心して、同時に彼に心配をかけてしまっていることにちょっとだけ申し訳なくなってしまう。

「何か気になるものでもあったか？　それとも足でも痛めたか？　もしかして靴擦れ……」

「ちがうの。靴擦れとかはしてなくて」

「それじゃ――」

「け、慧がね。手慣れてるなぁって」

その瞬間、慧が少し驚いたような顔になる。

綾乃はつま先をもじもじと合わせながら、狼狽えたような声を出した。

「なんだか、デート、手慣れてるじゃない？　私は初めてなのに、慧だけそんな慣れてるだなんて、なんだかちょっと嫌だなぁって……」

自分でもよくわかっていない気持ちをなんとかそう言葉にする。

慧は綾乃の隣に腰掛けると、持っていたコーヒーの缶を開けた。そしてコーヒーで唇を湿らせた後、口を開く。

「それってもしかして、ヤキモチか？」

その言葉にかっと頬が熱くなった。そして、脊髄反射のように口から言葉が飛び出る。

「そ、そんなわけないじゃない！　私がヤキモチなんか妬くわけないでしょ！」

「ほ・ん・と・う！」

そう言い切った後に、綾乃はぎゅっとペットボトルを両手で握りしめた。そして、先ほどよりも小さな声でこう呟く。

「本当？」

「ただ、ずるいなぁって。それだけよ」

慧はそんな綾乃を見つめた後、唇の端を上げた。

「まぁ、綾乃よりは慣れてるかな。デートもこれが初めてじゃないし」

「そう、よね……」

なぜかショックを受けてしまい、声がさらに小さくなった。身体も縮こまる。

「でも、こんなに楽しいデートは初めてだな」

「え？」

「楽しいよ」

覗き込まれながらそう言われ、急に息が吸えなくなった。

心臓が高鳴り、酸欠の金魚のように唇が震える。

そんな彼女に止《とど》めを刺すように、彼は耳元でこう囁いた。

「綾乃様はどうですか？　デート、楽しんでますか？」

いつも通りの声と顔で。だけど、いつもよりは甘い雰囲気を漂わせて。

綾乃は泣きそうな顔で「楽しいです！」と半ばヤケクソに返すのだった。

それから、予定通り二人はカフェに行った。

大きな窓から入る暖かな陽《ひ》の光、おしゃれな木製のカウンター。天井から吊《つ》り下《さ》がっているい黒板には、英語でメニューが書かれており、その隣にはカップに入ったコーヒーのイラストが描かれている。並んでいる家具はどれもおしゃれで、吊り下がっているランプは少し無機質。打ちっぱなしの壁とあいまって、店内の雰囲気はとてもよかった。所々に置いてある観葉植物もとてもセンスが良い。

新しくオープンしたお店ということで、客はそれなりに多かったが、運がいいことに窓の近くの席へ通してもらえた。

綾乃は胸の前で手を合わせながら、嬉しそうな声を出す。

「パンケーキ、楽しみね！　ホットサンドも美味しそうだったし」

「そうだな」

時間が時間だったので、二人はここで昼食をとることにした。しかし、パンケーキと昼食を一緒には食べられないので、パンケーキは一つを二人で分けることにし、それぞれで軽めの昼食を頼んだのである。

（今日は楽しかったなぁ）

綾乃は窓の外を眺めながら、そう息を吐いた。

動物園は楽しかった。動物園と言う場所が楽しかったというのもあるが、慧と一緒に見て回れたというのが、楽しかった一番の要因だろう。

綾乃は動物園でのひと時を思い返す。どの場面を振り返っても、とても楽しかったし、ドキドキした。デートというのはこういうものなのかと実感したし、来れてよかったな、と心の底から思った。

(というか私、最初の目的忘れてない？)

そのことを思い出すと同時に、衝撃が走った。今の今まで忘れていたが、このデートは慧の気持ちを確かめるためのものだ。なのに綾乃は、当初の目的など忘れ、普通にデートを楽しんでしまっていた。完全にやってしまった感である。

(今からでもなんとかして、気持ちを聞き出さないと！　……でも、どうやって気持ちを聞き出せばいいの？)

そのあたりを全然考えていなかった。直接聞くのはきっとNGだろうし、でもそれならば聞き出す方法がわからない。

(もう直接聞いちゃおうかな。『あのキスはなんだったの？』『私のこと好きなの？』って……)

禁じ手なのかもしれないがもうそれしか思いつかなかった。それに今の慧なら、面と向かって聞けば何か答えてくれそうな気がしないでもない。

（それに、今日はなんだかちょっといい雰囲気だったし……）

自分へ気持ちが向いていると判断するには少々足りないが、それでも背中を押す程度には今日の彼は綾乃に甘かった。

綾乃は勇気を振り絞る。

「あ、あのね、慧――！」

そう言った瞬間、綾乃のスマホが電子音を響かせた。『北条』として使っている方のスマホだ。慌ててカバンから取り出すと、そこにはみたことがない電話番号が表示されている。

（こんな時に誰かしら？　もしかして、会社の人？　愛海がスマホを変えたとか？）

綾乃は「ちょっとごめんなさい」と慧に断り、スマホだけ持って席を立った。そして、トイレの前で電話を取る。

聞こえてきたのは、聞き覚えのある男性の声だった。

『あぁ、久しぶり！　俺、俺！』

「俺？」

『俺だって、わからないの？』

いつまで経っても名乗ろうとしない男に、綾乃はすぐさま電話を切る。

これは詐欺だ。詐欺に違いない。オレオレ詐欺とかいうやつだ。今は振り込め詐欺と呼ばれるんだったか……

綾乃が電話を切った直後、再び同じ番号から電話がかかってきた。彼女は訝《いぶか》しみながらも、もしかしたら本当に知り合いかもしれないし……と思い直し、再び電話を取る。

「……はい？」

『いきなり切るなんてひどくない？　本当に覚えてないの？　俺だって、隼人だって！』

「あ、鈴木さん？」

びっくりして声が大きくなる。どおりで聞いたことのある声だったはずだ。

『覚えていてくれてよかったー！　その様子だと、俺のこと着拒したの綾乃チャンじゃないんだ？』

「ちゃっきょ？　それって着信拒否ってこと？」

『そうそう！』と電話越しで頷く隼人に、綾乃は額を押さえた。

犯人は、もしかしなくとも慧だ。隼人の連絡先を消した時、一緒に番号を着信拒否に加えたのだ。そうまでして、綾乃と隼人の関係を断ち切りたかったのか……と変に感心してしまいそうになるが、これは綾乃のスマホだ。

「でもちょっと待って、着信拒否に設定してたなら、これって誰のスマホなの？　私、設定を解除してないけど……」

『あぁ、これ？　俺の二台目！　色々と使い分けててさ。あっちのスマホが繋がらなかったから、もしかしたらと思ってこっちでかけてみたんだよね！』

「そうだったのね……」

それにしても、着信拒否をされた上に、先ほど綾乃がすぐさま電話を切ったというのに、すぐさま電話をかけてくるだなんて、胆力があるにも程がある。というか、一歩間違えば空気の読めないやつだ。でも、こういう積極的なところはちょっと見習ってもいいのかもしれない。

「それで、今日はなんの用事？」

『用事ってほどじゃないんだけどさ。あれから綾乃チャン、うちのＢＡＲにも来ないし、連絡もないからさ。あの仕事の件どうなったかなぁって思っちゃって』

「ごめんなさい。まだ、もうちょっと迷ってて……」

彼に頼んだら慧は確実に怒るだろう。しかし、今のところ彼しか頼むあてがないのも確かである。

『ということは、まだ可能性があるってこと？』

「過度な期待はしないでね」

『それでもいいよ。嬉しい！』

年上男性の子供のようにはしゃぐ声。綾乃はそんな声を出す彼に罪悪感を覚えながら、壁に寄りかかった。

「それにしても、こんなふうに電話をかけてくるだなんて、そんなにお金に困ってるの？」

『違うよ。この仕事を受けたらさ、もう一度綾乃チャンに会えるかもしれないでしょ？』

「え？」

『俺、綾乃チャンに一目《ひとめ》惚《ぼ》れしちゃったんだ！　……って、言ったら信じてくれる？』

「そ、そんなの！　信じるわけないでしょ！」

『あはは。やっぱりかぁ』

信じるわけがないと言いつつも、ちょっとだけどきっとしてしまった。ときめいたわけではないけれど、彼のことを好きになったわけではもちろんないけれど、そういうことを言われて平然と対応できるほど綾乃の恋愛偏差値は高くない。

『ま。一目惚れ、は大げさかもしれないけど、会いたいのは事実だよ。あれからことあるごとに綾乃チャンのこと思い出しちゃって……』

「また調子のいいこと言って」

『これは本当だよ。本当の本当』

わずかに低くなった声色に、彼の『本当』がちょっと現実味を帯びる。しかし、真剣な声色になったのも一瞬だけで、あとはまたいつもの軽い彼の感じに戻ってしまう。

『BARにもまた飲みにきて。一杯ぐらいなら奢《おご》っちゃうから！』

「わ、わかったわ。気が向いたら行くわね」

そう答えると、彼は『やった！』とまた子供のような声を出した。

話を終えて電話を切る。通話終了のボタンを押すのと同時に、綾乃は背後に気配を感じ、振り返った。

「あ」

「誰からだったんだ？」

そこには慧がいた。隼人と電話をしていたという事実になんとなく罪悪感が湧き、綾乃は無意識に背中にスマホを隠した。

「えっと、愛海から……」

嘘をついてしまったのは、なんだか彼が少し不機嫌そうに見えたからだった。

表情は怒っているわけではないのだが、雰囲気がどことなく怖い。もしかして、先ほどの会話を聞かれてしまっていたのだろうか。

慧は綾乃に近づくと、壁に手を当て、壁と自分の間に綾乃を閉じ込めた。

「なんの用事だったんだ？」

「えっと、デート楽しんでるか、って。慧とのデートのこと話してたから。なんか心配してくれたみたいで！　あと、カフェの雰囲気も聞かれたからさ」

嘘に嘘を塗り重ねて、綾乃は精一杯の笑みを顔に貼り付けた。

慧はしばらく綾乃を見つめた後、「……そう」と納得したのかしてないのかよくわからない返事をして、彼女を解放してくれた。


それから二人で、昼食のホットサンドとパンケーキを食べて、カフェから出た。食事をする頃には彼の機嫌も幾分か良くなっていて、綾乃は心の中でほっと胸を撫で下ろした。

しかし――

（結局、慧のことは何もわからなかったわね……）

彼の気持ちも、あの言葉の真意も何一つわからなかった。

落ち込んだように俯きながら歩いていると、隣から優しい声がかかる。

「帰りはどうするんだ？　帰る時も別々に帰るのか？」

「それは……」

デートというのを徹底するのならば、そうした方がいいのかもしれない。しかし、目的が何一つ達成されてない今、もうちょっと彼と会話をする時間を設けた方がいいだろう。話し合いなら家でいくらでもできるが、家での慧はきっとまたいつもの執事である慧に戻ってしまっているだろう。それならタクシーでも呼んで二人で帰るべきだ。

綾乃がその提案をしようと「じゃぁ……」と口を開いたその時――

「慧じゃない！」

そんな甲高い声が二人の背中にかかった。振り返れば、ちょっと派手な女性がこちらに向かって走ってきているのが目に入る。彼女の服は胸元がぱっくりとV字に開いており、トップスからは胸の谷間がしっかりと覗いていた。

「久しぶり！　元気にしていた？」

彼女はまるで綾乃が見えていないかのように慧の腕に縋《すが》りついた。瞬間、先ほどまで揺れていた胸が慧の腕にピッタリとくっつく。その光景に綾乃は思わず自身の胸を見下ろした。

ぺたん。

何がどうとは言わないが、彼女に比べて迫力がない身体である。

慧は腕にまとわりついてきた女性を嫌そうな顔で引き離すと、「なんでここに……」と低い声を出した。明らかに迷惑そうな彼の態度もまったく意に介さず、女性はまた懲りることなく彼の腕にくっついた。

「偶然よね？　これって運命かも！」

「運命じゃないし、くっつくな……」

「相変わらず、ツンケンしてるのねぇ」

はしゃいだような甲高い声。石のついたキラキラとした爪がまるで宝石のようだ。綾乃はトップコートだけが塗ってある自身の爪を見下ろした。今の今までなんとも思わなかったが、何も着飾ることのない爪がなんだか恥ずかしいし、ちょっと負けた気分になってくる。

綾乃は這《は》い上《あ》がってきた嫌な気持ちを振り払うように首を振り、慧の袖を引いた。

「慧。あの、この人って――」

「もしかして、これが今の彼女？　私？　私はねー」

「おい！」

自己紹介を始めようとした彼女を慧は止める。そして、妙に慌てた様子で走ってくるタクシーを止めた。慧はタクシーの扉を開け、綾乃だけを押し入れる。

「悪い。先に帰っていてくれ」

「えっと」

「気をつけて帰るんだぞ」

有無を言わせずそう頭を撫でて、彼はタクシーの運転手に自宅の住所を告げる。綾乃は「慧」と彼の名を呼んだが、微笑むだけで何も言葉は返してくれなかった。そのまま彼は扉を閉める。すると、綾乃の気持ちだけをその場に残して車は走り始めた。

遠くなる慧と女性の姿。女性は慧に飛びつき、そんな彼女に彼は何かを言っていた。それが妙に楽しそうに綾乃の目には映る。

『まぁ、綾乃よりは慣れてるかな。デートもこれが初めてじゃないし』

脳裏に蘇ってきたのは、動物園での慧の言葉だった。

『もしかして、これが今の彼女？　私？　私はねー』

続けて楽しそうな女性の声も蘇ってくる。

(彼女は、なんだったのかな……)

恋人だったのだろうか。あの後に続く言葉は『慧の元カノ』ではないのだろうか。

小さくなっていく二人の背中がとうとう建物の影に消える。

(彼女と、行ったのかな……)

デートに。動物園だって慧は初めてではなさそうだった。もしかすると、綾乃と一緒に行くよりずっと前に、二人であの動物園に行って、綾乃と過ごしたのと同じように二人で楽しいひと時を過ごしたのかもしれない。子ライオンに胸をときめかせて、サイの大きさに声をあげて、鳥たちと戯れて、疲れたからと二人でベンチで身体を休めて……

そして二人は、今日も今から楽しい思い出を作るのかもしれない。

綾乃を車に乗せたのは、きっとあの女性と過ごすのに綾乃が邪魔だったからだ。そうだ。きっとそうに違いない。

胸を黒い感情が覆う。足元から這い上がっていたそれは、身体を縛りつけ、呼吸さえもうまくできなくさせる。

「今日、楽しかったのにな……」

恨み節のようにそう思いの丈を吐けば、目尻がじわりと滲んだ。

泣きたいわけじゃないし、そもそもこの涙がどうして溢《あふ》れてくるのかわからないが、どうしようもなく胸がムカムカするのだ。楽しかった思い出が、キラキラ輝いていた記憶が、全部真っ黒に塗りつぶされていく感覚。

この感情を、綾乃は知らない。

「もう慧なんて知らない！」

そう叫んだ声は、少しだけ涙に濡《ぬ》れてしまっていた。

◆◇◆

慧が帰路についたのは、綾乃をタクシーに乗せてから一時間後のことだった。

あれから女性にはしつこく新しい連絡先を聞かれ、「教えるから今日はもう帰ってくれ」という交渉の後、無事に家に帰してもらえた。

彼女は慧が大学時代の後輩だ。ああ見えて両親が小さな美容関係の会社を経営しており、一応はそれなりのお嬢様のはずである。彼女とはサークルも違ったし、学部も違ったのだが、共通の友人がいて、彼を通して何度か一緒に遊んだ過去があった。一緒に遊んだと言っても、二人っきりでは会ったことはないし、友人に飲みに誘われ、参加したらたまたま彼女がいた、程度の仲なのだが。なぜか妙に気に入られてしまい、今日に至るというわけだ。あまりに何度もアプローチを仕掛けてくるので、スマホを変えて連絡先を彼女には教えないという対策をしたことがあったのだが、それも今日のやりとりで意味のないものになってしまった。

（あれは、まずかったな）

慧はタクシーに揺られながら、車に乗せる際の綾乃の泣きそうな表情を思い出していた。言葉には出していなかったが、彼女の顔からは『どうして？』という想いが滲み出ており、何度思い返しても胸が痛んだ。

きっと綾乃は二人の仲を勘違いしただろう。恋人同士というふうには思っていないかもしれないが、二人は過去に何かがあったのかもしれない……ぐらいは思っていそうである。もちろん付き合っていた事実はないし、身体の関係などもないのだが、あの距離感では、例え慧が否定をしたとして信じてくれるかどうかも怪しい。

（それでも、ちゃんと事情は説明しないとな）

変に否定をしてしまったら、綾乃の目にはさらに慧が疑わしく映るかもしれない。しかし、このまま何もなかったかのように流すよりはきっといいだろう。

それに、今日のデートを台無しにしてしまった詫びは、どんな事情があろうとするべきだ。せっかく誘ってくれたのに。せっかく一生懸命着飾ってくれたのに。慧はそれを全部台無しにしてしまった。

慧は座面に身体を埋める。肺の空気を全部吐き出せば、身体が一回り小さくなったような気分になった。

今日、彼女はどうして誘ってくれたのだろうか。どうして自分とデートなんてしようと思ったのだろうか。妙な入れ知恵があったのだろうということは想像に難くないが、彼女が今日のデートで自分に何を求めているのかは終始わからなかった。

（試されていたんだろうか……）

『ヤキモチを妬いている』と宣言した後に、半ば無理やり唇を奪った。これはもう自分の気持ちは綾乃にバレていると思っていいだろう。というか、これで伝わっていないなんてことはおそらくない。それを踏まえての今日のデートだ。恋人同士になれるかどうか試した……なんて綾乃らしくない思考だが、それこそ愛海などに入れ知恵されたのならありえない話でもない。

（もしそうなら、今日は本当に大失態だな）

そんなふうに思う傍らで、もし昼間のことがショックで泣いていたらどうすればいいだろうか……という自惚《うぬぼ》れも頭に浮かぶ。それぐらい今日の彼女は、なんだか自分に脈があるように思えた。慧のすることにいちいち頬を染めていたし、狼狽えていたし、笑ってくれた。彼女の気持ちがこちらに向いてるかどうかわからないが、もし向いていないのだとしても、きっとあれは悪くない反応だろう。

（家に帰ったら、もう一度ちゃんと話をしよう）

それで挽回《ばんかい》ができるかはわからないが、誤解は解いておいた方がいいに決まっている。

しばらくして、タクシーは家に着いた。車を降りた慧はそこである異変に気がつく。

「明かりが……」

家に明かりがともってないのだ。夕方で、まだ陽の光があるとはいえ、そろそろ明かりをつけないと家の中は暗くてやってられないだろう。時計を見れば針は十八時を指していた。嫌な予感に逸《はや》る気持ちを抑えつつ、慧は玄関の扉を開く。

「ただいま帰りました」

しかし案の定、出迎える声はなかった。慧はすぐさま靴を脱ぐと、リビングに駆け込んだ。夕焼けに照らされたリビングのローテーブルには、一枚の置き手紙。

『しばらく、本家へ帰ります。迎えはいりません』

「やられた……」

慧は悔しそうにそう唸りながら、髪を乱暴にかき交ぜるのだった。

◆◇◆

綾乃が本家へ帰ってから二日後――

「そろそろ家に帰ったらどうじゃ？」

彼女は本家にある自室で、祖父である清太郎からそう諭されていた。

綾乃はベッドの上に座り込み、まるで拗《す》ねた子供のように枕を抱えている。当然清太郎とは目線を合わせていない。

「別にいいじゃないですか。ここは、一応私の家でもあるんですから。それに、私がここにきてまだ二日目ですよ？　追い返すにしても早くないですか？」

「まぁ、ワシとしては、可愛い孫娘はいつ帰ってきても別にいいんじゃがな……」

歯切れ悪くそう言って、彼は玄関がある方向へ視線をちらりと移した。

「毎日迎えにきておる慧が、そろそろ可哀想《かわいそう》になってのぉ」

「だから、毎日迎えにこなくてもいいと伝えてくださいって……」

「言っておるんじゃが、あやつも強情でな」

困ったようにそういいながら清太郎は頬を掻いた。こんなふうに困った彼を見るのは本当に珍しい。数年に一度あるかないかである。

日曜日に綾乃が家出をして以来、慧は毎日彼女を本家まで迎えにきていた。綾乃は「慧に帰ってって伝えて！　しばらく来なくてもいいって」と彼を毎回帰しているのだが、次の日にはまたやってきて……を繰り返している。

綾乃だって、毎日迎えにきてくれる慧が可哀想だと思うし、申し訳ないと思うのだが、どうにも顔を合わせにくいし、合わせたら合わせたで彼を傷つける何かを言ってしまいそうなので、綾乃としてはどうしようもできない状況なのだ。

「というか、執事と喧嘩《けんか》してお前の方が家を出るってどういう状況なんじゃ……」

「だって、慧を外に追い出すのは可哀想じゃない。顔を合わせにくいのは私なんだから、私が家を出るべきでしょ？」

「お前はそういうところが愛いよの」

そう言われ、綾乃の唇はますますとんがる。

「しかしまぁ、このまま避けていても仕方がないじゃろ。お前が何に怒っているかは知らんが、この際だからきちんと話し合いをしてみたらどうじゃ？」

「それはそうかもしれないけど……」

清太郎が言っていることはもっともだし、理性では綾乃もそうした方がいいことぐらいわかっている。しかし、綾乃自身、自分がどうしてこんな気分になるのかわからないのだ。何に自分が気分を害しているのか、それがわからない。

綾乃の脳裏に腕を組む二人の映像が蘇る。二人が恋人同士だったのかはわからないが、少なくともああいうことを気軽にできる距離感に二人はいたと言うことだ。

（私だって、したことないのに……）

三年間一緒に暮らしていたのに、綾乃は腕どころか、手を握ったのだってあの日が初めてだった。あの日の綾乃は、恥ずかしくて、嬉しくて、少し舞い上がってしまっていたし、慧だって当然、多少の差はあれど同じような気持ちだと思っていたけれど、あの女性との様子を見るに、慧にとってあれは挨拶のようなものなのだろう。誰にだってやるものだし、あの行為に特別な意味なんてない。

なんだかそれが、どうしようもなく腹立たしい。

「とにかく、もうちょっと冷静になれるまでここにいさせてください！」

「本当に仕方のないやつじゃな」

諦めたようにそう言って、清太郎は椅子に腰掛けた。なぜか居座った彼に、綾乃は怪訝《けげん》な目を向ける。

「お爺さま？」

「ところで綾乃、恋人の件はどうなっておる」

「あ」

「『あ』？」

片眉を上げられる。その表情に、綾乃は頬に冷や汗を滑らせた。忘れてた、というか、今の今まで、そんなことは考えられない状況だった……と言うのが正しいか。

カレンダーを見れば、今日は火曜日だ。約束していたのは水曜日。

つまり、明日である。

「あ、あのぉ、お爺さま。ご相談が……」

「明日は綾乃の恋人が見れるからな、久々に休みをとったぞ！　あー、楽しみだわい！」とても「もう数日延ばしてください」とはいえない雰囲気だ。というか、言おうものならコテンパンにされるだろう。「やっぱり綾乃はモテんのぉ」と指をさされ、笑われるに決まっている。

綾乃が黙ってしまったことに気がついたのだろう。清太郎はいつもの人を小馬鹿にしたようなにやにやとした笑みを浮かべた。

「どうした綾乃？　連れて来れんのなら、早くそう言っていいんじゃぞ？」

「そんなこと誰も言ってないじゃないですか！」

「それなら連れてくることができるのか？」

「できますよ。決まっているでしょう！」

綾乃は、ベッドの上で立ち上がる。そして、清太郎を見下ろしながら、彼の鼻先に人差し指を突きつけた。

「明日、楽しみにしていてください！　最高にかっこよくて素敵な彼氏を連れてきますから！」

◆◇◆

そんな啖呵《たんか》を切った翌日。

仕事を終えた綾乃の姿はとある料亭の前にあった。彼女の隣にはスーツに身を包んだ男性の姿。いつもとは雰囲気が随分と違うが、鈴木隼人である。

彼はいかにも高級そうな料亭の門構えを眺めながら、呆けたような声を出した。

「こんな高級そうな料亭で顔合わせだなんて、お爺さまはお金持ちなんだねぇ」

「まぁ、そうね。そうかもしれないわね」

綾乃は少し青い顔でそう頷いた。

結局、綾乃は隼人に偽の恋人を頼むことにしたのだ。彼に頼むことには一抹どころかとんでもない不安があったが、自分には異性の友達はいないし、他に頼るあてもない。ということで、消去法どころか、消去する選択肢さえもなく、ただ清太郎が用意した婚約者と婚約したくない一心で綾乃は隼人に偽の婚約者をお願いしたのだ。

綾乃は隣に立つ隼人を見ながら、片眉を上げた。

「というか、そのスーツ。結構いいところのよね？　メーカーはわからないけど、仕立てがしっかりしてるわ。生地もイタリアのものかしら？」

「そうだよ。というか、さっすが綾乃チャン！　そういうのわかるんだね！」

「もしかして、今回のために新調したの？」

「うん！　綾乃チャンのお爺さまに会うなら下手な格好はできないからね。しかも、お爺さま、小さな会社の社長さんなんでしょう？　気合い入れなくっちゃって思ってさ」

「そこまでしなくてもいいのに……」

しかし、その気遣いのおかげで彼がちょっと様になっているのは確かだ。デロデロの安物スーツで来ていたら一緒にスーツを買いに行くところから始めなくてはならなかったので、これはいい誤算である。

（スーツ代は後から渡しておかないと……）

綾乃はそう決意をする。

隼人に偽の恋人を頼んだといっても、綾乃は隼人に自分が鳳条家の跡取り娘だということは話していなかった。『北条』という苗字も訂正していない。慧に言われた通りに危険すぎるし、『北条』と『鳳条』は基本的に音が一緒なのでたった数時間ぐらいならそれでなんとかなるだろうという判断をしたのだ。偽の婚約者を務めてもらうために、隼人には「祖父は会社を経営している」ぐらいは話しているが、情報として教えているのはそれぐらいである。会場も本当だったら本家でやる予定だったのだが、無理を言って料亭にしてもらった。これならば家の場所から綾乃のことがバレることもない。

（ここまで準備したんだから、絶対に成功させなくっちゃ！）

失敗の先に待っているのは、『会ったこともない男との婚約』だ。それは絶対に阻止しなければならない。

料亭の厳かな門構えをくぐりながら隼人は少し心配そうに眉尻を下げた。

「俺、綾乃チャンの恋人のフリ、ちゃんとできるかなぁ」

「大丈夫よ。その辺、私がフォローをするから！」

「でもさ俺、嘘って苦手なんだよね。——ってことで、俺たち、本当に恋人同士になっちゃわない？」

「なりません！」

ピシャリとそう断ると、隼人は口を窄《すぼ》め、「えー」と不満げな声を出した。しかしそれも一瞬のこと、彼はすぐさま表情を元の陽気なものに戻すと、綾乃を覗き込んでくる。

「でも、このお仕事がちゃんと成功したら、デートしてくれるんだよね」

「……ちゃんと成功したらね」

実は、報酬は十万円ではなく『デート一回』になっていた。

彼の『一目惚れした』を綾乃は全く信じていなかったのだが、どうやら本当だったようで、仕事を頼むために電話した時『十万円なんていらないから、一回だけデートしてほしいな』と頼んできたのだ。むしろそれじゃないと仕事を受けないとも。

綾乃は熟考の末、仕方なしに承諾。もちろん、『平日以上は付き合わない』『夜はダメ。昼の間だけ』等色々条件はつけたが、彼もそれを了承し、無事契約は成ったのである。

玄関アプローチを抜けて、建物に入る。すると、笑みを湛《たた》えた女将《おかみ》が二人を出迎え、綾乃に「お久しぶりです。清太郎様はもう来られてますよ」と目を細めた。そして、「こちらです」と前を歩き始める。

綾乃はそれについていこうとしたのだが、隼人が服の袖をついついと引っ張った。

「ちょっとお手洗い行ってきてもいい？　なんだか緊張してきちゃって！」

「ご勝手に……」

低い声で応じると「お手洗いはあちらです」と女将が振り返り、手で右の方をさした。

隼人は「先に行っておいて。後で合流するから！」とそそくさと綾乃のそばから離れてしまう。

そんな彼の背中を見送って、綾乃はがっくりと肩を落とした。心配だ。これ以上ないぐらいに心配だ。本人は「緊張しちゃって」なんて言っていたが、本人の行動には何一つ緊張感がない。そんな彼を見ていると今から心配で胃がねじ切れてしまいそうだ。

（もし慧だったら、こんなこと心配しないですむのに……）

比べる相手が他にいないからだろう、綾乃の脳裏には慧の顔が浮かんでいた。

もし慧が隼人の立場なら、こういう時あんな緊張感のない行動はしないだろう。準備はもちろん万端で、こっちが気づかないような仕込みなんかもしてくれて、綾乃はなんの心配もすることなく、むしろ安心して清太郎に彼を会わせることができていたと思うのだ。

(慧、元気にしているかな)

たった数日会っていなかっただけなのに、なんだかすごく彼のことが恋しくなっていた。出張で数日会わないなんて、今までにもあったことなのに、今回のは理由が理由だからか、胸がザワザワする。

彼に会いたいのなら意地を張らず、家に帰ればいいということはわかっているのだ。しかし、あの元恋人と思《おぼ》しき女性と慧の姿が頭をちらついて、どうにもそういう気持ちになれなかった。

そうしているうちに女将が和室の前で立ち止まり、襖を開けた。先に中に入っていた清太郎が綾乃の姿を認め、「遅かったのぉ」と目尻の皺を深める。

「なんじゃお前、一人か。やっぱり――」

「ちゃんと相手は連れてきています！　今はお手洗いに行ってるだけですので！」

「なんじゃ、連れてきたのか。面白くないのぉ」

不貞腐《ふてくさ》れたような声を出す清太郎の前に綾乃は座った。

今のところ隼人がやってくる気配はない。逃げた……ということはさすがにないだろうが、迷っている可能性はあるな、と綾乃はちょっとソワソワした。

「そういえば、慧が迎えにきておるぞ」

その言葉に綾乃は目をひん剝《む》いて「え⁉」と声をひっくり返らせた。

驚く彼女を見つめながら、清太郎は満足そうに口髭《くちひげ》を撫でる。

「今近くの部屋で待たせておる。これが終わったら一緒に帰れよ」

「えっと、慧は今日のこと……」

「知っておるよ。ワシが言った！」

（あぁあぁぁぁ——‼）

綾乃は脳内で頭を抱えた。本当にこの人は、何から何まで余計なことをしてくれる。もしかして、孫娘をいじめて楽しんでいるのだろうか。加虐趣味か？　加虐趣味なのか？

（か、帰りたくない……）

慧が怒っているかどうかはわからないが、少なくとも気分は害しているだろう。

叱られるだけならまだ耐えられるが、説教二時間とかになったら、ちょっと泣いてしまう自信がある。しかし、このまま帰らないわけにはいかないだろう。清太郎がこう言うということは、もう綾乃が家に帰るのは決定事項だ。実家にいると騒いでも慧に渡されて終《しま》いだろう。慧のことを話す清太郎からは『もう面倒臭いから、さっさと帰って仲直りしろ』というような言葉が聞こえてきそうだった。

（というか、今気がついたけど。もしかして偽の恋人計画のこと、慧がお爺さまに言ってるんじゃ――）

そんな悪い予感が綾乃の脳内を駆け巡ったその時――

「すみません、遅れました」

そんな言葉と共に襖が開いた。そして、スーツに身を包んだ隼人が顔を覗かせる。その表情は先ほどまでのお気軽なものではなかった。なんと表現したらいいのかわからないが、しっかりとしたできる男の雰囲気を纏っている。威風堂々と言えばいいのだろうか、ある種の威厳に満ちたまま彼はそこに立っていた。

綾乃は彼の堂々たる姿に、呆けたように固まってしまう。

隼人はそのまま綾乃の隣に膝をついた。

「綾乃さんにはいつもお世話になっております。宝船《ほうせん》隼人と申します」

「え？」

綾乃が気の抜けた声を出したのは、彼の苗字が知っているものとは違っていたからだ。

（ほう、せん？　鈴木じゃないの？）

彼は確か『鈴木』と名乗っていたはずだ。というか、綾乃も先ほどまで彼を『鈴木さん』と呼んでいたはずである。驚き固まる綾乃に、隼人は「ごめんね、騙しちゃった」と明るく笑った。

「騙しちゃったって――」

（というか、宝船って、なんかどこかで聞いたことのある名前な気がする）

しかも、友人にいた、とか、そういう感じの『知っている』ではない気がするのだ。常識というか、知識というか、そういうレベルの『知っている』なのである。しかし、頭が混乱しているのか、その名前がどういう意味を持つのか綾乃は思い出せない。

けれど、それも清太郎の次の言葉で明らかになる。

「もしかしてお前、ＳＡＲＴＯの？」

「はい。我が社を知ってくださるとは、光栄の至りです」

「ＳＡＲＴＯ⁉」

綾乃は割り込むようにそう声をあげた。

ＳＡＲＴＯというのは、今最も伸びている日本のアパレル企業である。ファストファッションから着物までといった幅広い衣料品を販売しており、海外にも進出し始めた新進気鋭の企業だ。

一方、鳳条家も今は金融業や貿易業など手広く色々なことをしているが、元は呉服屋であり、今でも呉服おおとりは着物界で知らない人はいないというほどの有名企業だ。

つまり、二つの会社はいわばライバル企業なのである。

「ちょ、ちょっと待って！　ＳＡＲＴＯのトップってあんまりメディアにも露出しない人って有名で……」

「あぁ、うん。あんまり表に出ちゃうとプライベートで自由が利かなくなるでしょ？　だからあまり前には出てなくてね。広報担当が優秀だから前に出なくてもいいってのもあるし」

狼狽える綾乃に隼人は悪びれることもなくそう笑う。

ＳＡＲＴＯのトップは若くして会社を立ち上げた青年実業家。プライベートでは結構派手な生活を送っているらしいが、詳しいことは何もわかっていない。

だから綾乃も気がつかなかったのだ。存在は知っていたし、名前も知っていたが、表に出ない故に顔は知らなかった。

（というか、だからやけにスーツいいのを着ていたのね）

あそこで気づくべきだった……とはさすがに思わないが、疑問には思うべきだった。あんな高そうなスーツ、そこら辺のＢＡＲを経営しているだけの人間がほいほい仕立てられるものじゃない。

隼人は綾乃から視線を外し、正面の清太郎をじっと見つめた。

「俺、どうしても清太郎さんにお会いしてみたかったんですよ。ほら、清太郎さん、なかなかお会いできないって業界でも有名じゃないですか。アポイント取ろうと思っても、繋いでもらえないし、知り合いに紹介してもらおうと思っても、俺みたいな飛び入り参加の若造にはそんなあてもないしで、困っていたんですよねー」

「だから、うちの孫娘を騙したと？」

「騙すなんて人聞きが悪いですね。最初は何かいいネタないかなぁって見張ってただけなんですよ」

嫌な予感が背筋を滑り、綾乃は「見張ってた？」と声を震わせた。

すると、隼人はにっこりと、まるでいたずらがばれた子供のように口角を上げた。

「あのＢＡＲ、今は軌道に乗っているからちゃんとした収入源だけど、最初は綾乃チャンの動向を見るために作ったんだよね」

綾乃はそんなまさかと顔を青くした。

確かに、ＢＡＲは会社の近くにあったし、後から聞いて知った話だが同僚もたくさん通っていたと聞く。もしかしたら彼は、それも込みであそこに店を開いたのだろうか。綾乃の情報や弱みを同僚から聞き出そうと、あの場所で網を張っていたのかもしれない。

隼人は再び清太郎に視線を戻した。

「ほら、情報は力ですからね。何かチャンスがあったら接触しようと思ってたんですが、まさか自分から飛び込んで来てくれるだなんて思いませんでした」

ということは、愛海が綾乃を連れてＢＡＲに立ち寄ったのは偶然ということか。

綾乃は怒りなのかなんなのかわからない感情で唇を震わせた。

（だ、騙されたー！）

つまり、綾乃は隼人が清太郎に会うためのだしに使われたということだ。

彼は最初から綾乃との約束を守るつもりはなかったのである。

「綾乃、いっぱい食わされたな」

「……すみません」

綾乃は素直に頭を下げる。これは完全に自分の落ち度だ。もう少し『鈴木隼人』をきちんと調べておけばよかった。調べたからと言って、綾乃の情報を仕入れるためにBARを開くような男がそう易々《やすやす》と正体を明かすとは思わないが、それでも手間を怠った感は否めない。

落ち込んだ様子の綾乃に、清太郎は「ま、今回はタイミングが悪かったの」と肩を揺らした。無粋な真似をしてまで会いにきた隼人に多少気分は害しているものの、綾乃自体に彼は怒っていないようだった。

「なに言ってるんですか？　僕たちが恋人同士なのは本当ですよ？」

そう言って急に手を握られ綾乃は「はぁ!?」と声を荒らげた。

ピッタリとくっついてきた隼人に、目を白黒させる。

「ちょ、ちょっと！」

「このまま演技続けなくていいの？　綾乃チャン、このままだと会ったこともない人と結婚させられちゃうんでしょう？　脂ぎったおっさんよりも、頼りないもやしよりも、俺の方がいい男だし綾乃チャンを大切にできると思うんだけど？」

　そう囁かれながら腰を引き寄せられ、綾乃は身体を硬くした。

「なに言って――！」

「ほら、清太郎さんは自由恋愛推奨派っぽいから、綾乃チャンがここで俺と結婚すると言えば反対はしないんじゃない？　あからさまな嘘でも綾乃チャンの意思が固かったら、無理強いはしないと思うし……」

　隼人の手が伸びて綾乃の膝頭に触れる。

「な――」

　座卓の下で清太郎に見えないのをいいことに、彼の手はさらに上に伸びてくる。内腿《うちもも》を触られて綾乃は思わず身を捩《よじ》った。ゾワゾワとした悪寒が彼が触れてくる場所から背筋を駆け上る。

「ちょっと――！」

「どうする？」

　確かに、脂ぎったおっさんとも、頼りないもやしとも、結婚したくない。しかし、自分をこんなふうに騙した人間とも結婚したくないというのが、綾乃の正直な気持ちだった。

「あのね――」

　そう声を荒らげた瞬間、襖が開いた。しかも、勢いよく。

パァン、ととてつもない音と共に現れたのは、よく見知った人物だった。

「け、慧？」

そこにいる全員が目を丸くする。

慧は綾乃と隼人が座る方を見て、皺の寄っていた眉間にさらに皺を寄せた。彼の視線の先には綾乃の内腿を触る隼人の手がある。

「失礼」

「ひゃぁ！」

一言だけ断って、慧は綾乃の膝裏に手を回した。そのまま抱き上げる。

落とされないようにと綾乃が首に手を回すと、彼はいつもよりもしっかりと彼女を自分に引き寄せた。

「綾乃様は少々体調が悪いようなので連れ帰らせていただきますね」

「ちょっと待って！」

そう言って止めたのは隼人だった。彼は慧の服の端を摑んで彼を見上げる。

「執事くん。君の名前は？」

「クズに名乗る名前など、もちあわせていません」

不遜な態度でそう言って、彼は身を翻す。

あまりの展開に呆けていた綾乃がようやく自分を取り戻し「ちょっと、慧⁉」と声をあげるが、彼はそれを無視して綾乃と共に部屋を後にするのだった。

「えっと、慧。ごめんなさい……」

綾乃がそう口を開いたのは家に帰ってからだった。

車に乗っている時の彼は終始不機嫌で、とても喋りかけられるような雰囲気ではなかった。とうとう家に連れ帰られ逃げ場がなくなったと判断した綾乃は、未だ怒り心頭といった感じの彼にそう頭を下げたのである。

(慧、すごく怒ってる……)

綾乃が想像していた五倍は怒っている。いや十倍ぐらいかもしれない。確かに綾乃自身も馬鹿なことをしたと思っているし、彼に怒られて当然だと思うのだが、この怒り方は少し過度な気がした。

慧はその謝罪に何も答えることなく、玄関にいる綾乃をまた抱き上げた。そうしてまるで荷物のように彼女の部屋に運ぶ。

「ちょ、ちょっと、慧、下ろして！」

綾乃は抵抗を試みるが彼の力は強く、全く離してくれる気配がない。会話にも応えてくれる気がないようだ。あんなに会いたかったのに、終始無言な彼が今はなんだかちょっと恐ろしかった。

ようやく解放されたのは、綾乃の部屋に着いてからだった。部屋に入ると、慧は綾乃をその場に下ろし、後ろ手で部屋の鍵を閉める。

がちゃん、と、錠の閉まる音が綾乃の心臓を跳び上がらせた。

綾乃は恐る恐る慧を振り返る。

「えっと、慧？」

「彼は、前に私が連絡先を消した人ですか？」

開口一番がそれだった。部屋の入り口に立ったままの彼は綾乃を見据えながら淡々と言葉を紡ぐ。見つめてくる慧の視線がなんだか知っている彼のものではないみたいで、綾乃は声をうわずらせた。

「そ、そうね」

「つまり貴女は、私が反対するのも聞かず、彼と密《ひそ》かに連絡を取り、会っていたというわけですか」

「そ、そうじゃなくてね！」

なんだか雲行きが怪しい気がする。慧は何かを誤解しているのだ。

綾乃は慧の服をぎゅっと持ち、訴える。すると彼は綾乃の手首を握り、身体を反転させた。そうして壁に押しつけられる。

「今回のことは私が悪いと思っていたので強硬な手段は取りませんでしたが、その間にまさか他の男と会っていたとは……」

「け、慧？」

「彼が業界でどういう男だと噂になっているか、知っていますか？」

綾乃は「えっと……」と動かない頭を無理やり動かす。しかし、慧は綾乃が答えを出すのを待ってはくれなかった。

「女遊びが派手だと言われているんです。そこら辺にいる一般女性から有名女優まで、彼は盛大に食い荒らしているそうですよ？　メディアに露出しないのも、そのあたりを気にしているという話です」

「そう、なのね」

隼人は、プライベートで自由にできないから顔出しはあまりしていないというふうに言っていたが、なるほどそういうことなのかと、綾乃は一人納得した。

「貴女も彼と何かあったんですか？　俺がみていないうちに」

「え？　ちょっと！」

膝の間に彼の膝が割り込んでくる。びっくりして身体を押し返そうとするが、その両手もすぐに彼に取られてしまった。

慧は綾乃の両手首を片手で押さえると、もう片方の手につけている白い手袋を歯で引っ張るようにして外した。そうして外れた手袋が床に落ちる。

「わ、私は彼とは何も――」

「本当ですか？　さっきはこんなところを触られていたのに？」

彼が素手で触れてきたのは綾乃の足だった。ストッキングの上からゆっくりと膝頭を撫でてくる。そうして、内腿に手が這《は》っていき、綾乃は両足を閉じると同時に息を止めた。

「け、慧!?　冗談が」

「彼には触らせていたのに、俺には抵抗をするんですか？」

「そういうわけじゃ――」

「そういうわけですよ」

慧は身体をピッタリとくっつけてきた。まるで抱きしめる時のようにぴったりと。彼の素手は綾乃の足をゆっくりと撫《な》で回《まわ》す。そうして――

「あっ！」

ビリッという音と共にストッキングを破ってきた。

綾乃が固まっているうちに慧はストッキングと素肌の隙間に指を滑り込ませる。

「ちょ、んっ！　慧、やめ――」

その制止を聞くことなく、彼の手は、綾乃の太ももをゆっくりとのぼっていく。はいているタイトスカートは当然たくし上がっていた。そうして、臀部《でんぶ》と太ももの間にたどり着くと、彼の手はそこをやわやわと揉み始める。

「やっ、んっ、んんっ」

「私の気持ちを知っているのに、こういうことをされるとは思いませんでした」

「気持ちって――」

なんのことを言っているの？

そう続けられるはずだった言葉は音にならなかった。なぜなら何かが綾乃の唇を塞いでいたからである。それが慧の唇だと気がついた時には、彼の舌はもう綾乃の口腔内に入り込んでいた。

「んっ、ぁん――」

啄むような前のキスとは全く違う、ねっとりとした大人のキス。

ねじ込まれた舌は彼女の口腔内を堪能するように蠢《うごめ》き、綾乃は呼吸がうまくできず、慧の胸板を叩く。しかし、彼は苦しそうな綾乃に気がついていないかのようにその行為を止めることはしなかった。むしろ舌はさらに深く綾乃に入り込んでくる。

歯列をなぞり、唾液を絡ませ、綾乃の舌を丹念に揉みしだく。まるで口腔内を犯されるということはこういうことなのだと、教え込まれているようだった。

どうしてこんなことになっているのかいまいちわかっていない綾乃は、慧の突然の奇行に、ただただ必死についていくことしかできない。

「んっ、はっ、やぁ、ぁんん」

そうして綾乃が呼吸の仕方を覚えた頃、彼はようやく唇を離してくれた。けれど、慧の唇は綾乃から完全に離れたわけではなかった。彼は綾乃の首筋に顔を埋めると、綾乃の白い首に吸い付いた。

首筋を吸われるピリッとした痛みに、綾乃は身体を撥《は》ねさせる。

「やっ！」

しかし、どれだけ暴れようが、どれだけ抵抗を試みようが、彼は全く動かない。男女の力差で押さえこまれ、綾乃は初めて彼にはっきりと男性を感じた。綾乃の両手首を押さえていた手がシャツのボタンにかかる。冷たい指先が触れて、胸元に風が通った。

「ちょ、慧！　何して――」

「彼に何をどこまでされたか調べておく必要がありますからね」

「調べておくって」

もう完全に勘違いされている。本当に彼は綾乃が彼と関係があったと思っているようだった。しかも、彼自身も正気でない気がするのだ。怒りで我を忘れている、ではないが、いつもの彼ではない。

「慧、話を聞いて！　私、彼とは何も！」

「口ではなんとでも言えますからね」

そう言っている間にシャツのボタンはもう半分以上外されてしまっている。

慧はシャツの中に手を伸ばす。ブラジャー越しに胸を触られて、綾乃は顔から火が噴き出そうになった。あんなに濃厚なキスも初めてだが、下着越しとはいえ胸を男性に触られるのも初めてである。それなのに、嫌悪感が少しも湧いてこないのは慧だからだろうか。隼人には膝を撫でられただけであんなに気持ちが悪かったのに……

「ぁ」

ブラジャーごと胸を摑まれる。彼の指の間からぷっくりと肉が盛り上がり、綾乃は羞恥で顔が真っ赤になった。心臓が跳ねて仕方がない。

このぐらいの触れ合いで心臓が高鳴ってしまうのが恥ずかしいが、胸を触っている彼にはこの身体の熱さも鼓動の強さもきっと伝わってしまっているだろう。

慧はブラジャーをずらし、直に胸を触る。思わず声をあげそうになったが、蓋をするように唇を奪われ、そのままやわやわと胸を揉まれた。

（わ、私、このまま慧と――？）

いくら恋愛ごとに鈍い綾乃だって、この先に何が待っているかぐらいはわかっているつもりだ。経験したことはないし、知識も友人から聞きかじったものしかないが、それでもこれが身体を繫げる前の行為だということは理解できた。

（私たち、恋人同士ってわけじゃないのに……！）

慧は抵抗をしない綾乃をどう思ったのか、形を変えて遊んでいた胸の先端をきゅっと指先でつまみ上げた。瞬間、身体中に電気が走って、身体が跳ねる。キスをしている唇の端から声にならない悲鳴が漏れた。

「――っ！」

「随分と余裕なんですね。てっきり抵抗して暴れ回ると思っていたのに」

「け、い」

「もしかして本当にあの男に抱かれたんですか？」

「ちが――あぁっ」

また、きゅっと先端を抓《つま》まれる。今度は先ほどよりももう少し強い力で。さらに引っ張られ、下腹部が、ジン、と熱を持った。なんだかムズムズする。綾乃は無意識に内腿に力を入れた。すると、間に差し込まれている慧の足を挟んでしまう形になる。

「身体反応していますすね。そういう甘い声も聞かせたんですか？」

責めるようにそういった後、彼は身体をかがめ赤く尖った先端を口に含む。そして、歯を立てた。

「ぁんんん――っ」

そのまま乳首に舌が這った。

「あぁ――！」

じゅるっと音を立てながら慧は胸を舐める。あまりの快楽に足が言うことを聞かなくなり、その場に座り込もうとするが、足の間に入り込んだ彼の足がそれを許してくれなかった。彼の足に支えられる形で、綾乃は中腰で身体を維持する。

「私は何も――」

「何もされてないって割にはこんなに濡れていますが？」

「えっ――」

慧はぐりっと太ももで綾乃の秘所を押し上げた。

「あっ」

そのまま慧はぐりぐりと綾乃の割れ目をいじめ始める。すると、湿り気のある水音が部屋の中に広がり始めた。彼が綾乃のそこをいじめるたびに音は大きく、粘度を増していく。

「あ、や、やだっ！　けい、やめっ――んんっ！」

ぐりぐりと膝を押しつけてくる彼の視線は、どこか冷めている。なのに、奥には隠しきれない熱も見て取れて、綾乃はそのあまりの熱量にまた中心を濡らしてしまう。

「ほら、見てください」

慧は綾乃の割れ目から膝を離す。すると彼のスラックスにはまるで水をこぼしたかのようなシミができていた。彼はそのシミに指をつけた後、ゆっくりと離した。すると、シミを作っていた液体は糸を引き、てらてらと妖しく光を反射させた。

「こういう行為が初めてで、ここまで濡れますかね？　しかも、下着とストッキング越しなのに」

「だ、だから、初めてだって――」

「もし本当に初めてなら……」

唇が耳に触れる。そうして聞こえるか聞こえないかの甘ったるい声で彼はこう囁いた。

「俺は嬉しいですけどね」

その声が心に染み渡り、なぜかじわじわと目に涙が溜まっていく。でも悲しいわけじゃない。どちらかといえばちょっと嬉しいぐらいだった。でもその気持ちを伝える前に彼の行為は進んでいく。

「中も確かめてみましょうか」

そう言って彼は、またお尻のあたりのストッキングを破る。瞬間、真っ直ぐにストッキングが電線した。そして、彼は綾乃を抱きしめるようにしながら、破った場所から手を入れてくる。

「な、なにするの?」

「わかりませんか?」

「わかりませんかって……」

「俺は貴女を喜ばせたいんです」

指はみるみるうちに進んでいき、下着の縁にたどり着く。そして、彼は少しも躊躇《ちゅうちょ》することなく、下着をずらすと指の腹で直接、綾乃の割れ目に触れてきたのだ。

「んんっ」

綾乃から望んだ行為ではないのに、身体はどうしても反応してしまう。彼女は慧の首に腕を回し、初めての快楽に耐えていた。最初はひたひたと触るだけ。それが何度も往復を始めるようになって、指の先が割れ目の中心、誰も入ったことのない場所に入り込んだ。

「あぁっ！」

身体が跳ねる。綾乃は思わず腰を引くが、後ろにある壁と彼の腕が、綾乃が逃げるのを許してくれなかった。

指が少しずつ奥へ進んでくる。最初はちゅぷちゅぷと先端が出たり入ったりしていただけなのに、次第に彼の指は綾乃の奥を目指し始める。

「きつい、ですね。もしかしてここに触ったのは、私が初めてですか？」

「だから、そう言って――ぁっ！」

綾乃は必死に否定しようとしたが、しかしそれも言葉にならなかった。指が急に質量を増したのだ。あらためて下を覗き込めば、中指だけでなく彼の人差し指ももう綾乃の中に入り込んでしまっている。

指はゆっくりと動き出す。出たり入ったり、円を描いたり、奥をくすぐってみたり。

そうしているうちに、彼の長い指は根元までずっぷりと綾乃の中に入り込んでしまう。

ぐちょぐちょという、先ほどよりも泡だったような音に綾乃は首を振った。

「けい、けいっ。や、けいっ！」

「本当に、ここに入ったのは私が初めてですか？　その可愛い声も誰にも聞かせてない？　そうやって名前を呼んだのは私だけ？」

「そ、んなの、あたり、まっ――」

迫り来る快楽に綾乃が下唇を噛むと、彼の唇がそれを阻止するようにそっと触れてきた。舌が絡まって、唾液を交換して、唇を食まれる。そこまでしてようやく綾乃の身体は彼の指の太さに慣れてきた。

綾乃の緊張が多少ほぐれたことが伝わったのだろうか、慧の唇が離れ、彼の荒い呼吸が耳を掠めた。短めの荒々しい呼吸だ。もうそれだけで彼が自分に興奮していることがありありと伝わってきて、そこでまた体温がグッと上がった。同時に慧の指の形を綾乃の中が覚え始め、感度が高まる。

「や、やだ。けい！　まって――」

「気持ちがいいですか？」

「そんなのわからないけど、なんか変な感じが……ぅんん！」

彼の指の腹が綾乃の弱いところに当たり、もう本当に立っていられなくなる。足が震えて、涙が浮かんだ。腰砕けというのがどういう状態なのか、綾乃は身を以て知ることになった。

「変になっていいですよ」

「やだ、こわ――」

「怖くない」

「やぁ、あぁぁ――！」

そう囁かれると同時に、彼の指が綾乃の弱いところをぎゅっと押しつぶした。瞬間、全身から力が抜けた綾乃は、そのまますするすると壁伝いに座り込む。

綾乃のその様子に、さすがに我に返ったのか、慧は心配そうな顔で覗き込んでくる。いつの間にか指はもう抜かれていた。

「綾乃様、だい――」

「もぉ、違うって言ってるじゃない……！」

綾乃は目尻に涙を浮かべながらそう叫んだ。そのままの勢いで彼女は続ける。

「何かされてるわけないでしょ！　慧のばか！　変態！　えっち！」

綾乃は慧がしたことに怒っているのではない。彼が自分のことを一切信じないまま事を進めるのが気に入らなかったのだ。

半泣きになった綾乃に頭が冷えたのだろう。慧は「すみません。……頭に血がのぼりました」と頭を下げる。そして、腰砕けになった彼女を抱き上げると、ベッドの上に優しく下ろした。

「気持ちを伝えて、これからどうやって距離を詰めようかと考えているうちに横から掻《か》っ攫《さら》われそうになったものですから、つい、熱くなってしまって……」

「き、気持ち？」

「私の気持ちです。もう何度も伝えているでしょう？　好きだって……」

綾乃はぽかんと口を開ける。その表情に何かを悟ったのだろう、彼は綾乃の前に膝をつくと、困惑したような声を出した。

「最初にキスをした時に伝えたでしょう？　ほら、ヤキモチを妬いているのかと貴女が聞いてきた時です」

「えっと……」

「それにデートの時だって、あんなに――」

綾乃はしばらく固まった後に、やっぱりわからないと首を捻った。

「えっと、気持ちって、その、私のこと好きか嫌いかって話よね？」

「そう、ですね」

「本当にちゃんと『好きだ』って言ってくれた？　私、言ってもらった覚えがないのだけれど。もしかして、聞き逃してたのかしら……」

「いや、言葉では伝えてないかもしれませんが、あんなにあからさまな態度で……」

「や、やっぱり、言ってくれてないんじゃない！」

すっかりいつもの調子を取り戻した綾乃は、そう涙声で慧に訴えた。

彼も彼で、いつもの表情で頭を掻きむしる。

「……言わないとわからないんですか、貴女は！　あんなの、好きだと言ってるようなものでしょう？　いくら鈍くても、キスしてきたらそうだってわかりそうなものじゃないですか！」

「でもでも！　愛海が男の人は頭と下半身が直結してるって！　衝動で動いちゃうって言うから！」

「そんな馬鹿な男と私を一緒に――」

「でも、さっきまで私と、え、え、えっちしようとしてたじゃない！」

子供じゃないのだから『えっち』ぐらい普通に言えばいいのだが、どうにも恥ずかしくて声がうわずってしまう。綾乃は前の開いたシャツを不安げな顔でぎゅっと握りしめた。

「あれは衝動じゃないの？　私、もう何がなんだかわからなかったけれど。私、慧がいつもの慧じゃないみたいで……」

「確かにさっきまでの私は冷静じゃありませんでしたが。……あれは、あの行為には、ちゃんと感情が伴ってます」

綾乃が顔を上げると、慧は彼女の両手を自分のそれで包んだ。

「貴女を奪われたかと思った」

その真剣な声色に呼吸が止まった。彼は訥々と想いを吐き出す。

「こっちは三年間も我慢してきたのに、あんなぽっと出男に何もかも奪われたのかと……」

「でも、話を聞いていればわかるじゃない！　あの人、私を騙しただけだって」

「それでも、その可能性が少しでもあるのが嫌だった。貴女が彼の甘言に頷いてしまうかもしれないのがたまらなく怖かった」

何も願っていないのに、その声にはまるで懇願するような響きが含まれている。

「でも、私はそんな、態度で察するなんて無理よ。ちゃんと言ってくれなきゃ。だって！　言葉って大切でしょう？」

「そうですね。確かに大切ですね」

慧は何かを諦めるように頭をかく。そして、綾乃を下から覗き込んだ。

摑まれた両手が熱くて、ちょっとだけ逃げ出したくなる。

「好きですよ。綾乃様」

瞬間、心臓がぎゅっと縮こまる。頰が熱くなって、瞳が潤んだ。

あぁこれが『ときめく』ということかと、一瞬理解しかけて『私が慧にときめくなんてことがあるの⁉』と首を振った。しかし否定してもなお、心臓は内側から綾乃のことを激しく叩いていた。

綾乃はいつの間にか地面に向けていた視線をゆっくりと慧に向けた。そこには何かを待っているような慧がいる。

（そうだ。私は、告白をされたんだから――）

答えなくてはならない。

『イエス』か『ノー』か。『はい』か『いいえ』か。

「わ、私は……」

綾乃は自分の気持ちを振り返り、下唇を嚙《か》んだ。

「私はまだわかんない！　慧のことは好きだけど、どういう好きなのかはわかんないし！だから、だから、もうちょっと待ってほしいの！　ちゃんと気持ちを整理するから！」

「それは待ちますが、今日のことは……」

「きょ、今日のことは、特別に許してあげる！」

謝ろうとしたのか、確認しようとしたのか。よくわからない彼の言葉を遮って、綾乃はそう声を荒らげた。

「でも泣かせましたよね？」

「な、泣いたのは、慧が信じてくれなかったのが悲しかったからよ。その、嫌な気分ではなかったもの。き、気持ちいいかどうかはわからなかったけど、その、ふわってなったし！　堪えてても変な声いっぱい出ちゃったし！」

「……」

「何よ？」

慧は額を押さえると長息した。ついでに首も振っている。

「……そういうことは言わないでください。実は割と結構ギリギリなんですから」

「ギリギリ？」

意味がわからないと首を捻るが、不意に目に留まった彼の下腹部に綾乃は「へ？」と呆けたような声を出してしまった。

「なんか、膨らんで――」

「あぁもう！　そういうことを言わないでください！」

珍しく頬を染めながら、慧は声を大きくした。やけっぱちといった感じで、彼はそのままのテンションでさらに続ける。

「ああいうことをして冷静でいれるほど、人間できてないんですよ！」

「じゃぁやっぱりその膨らんでるのって――」

綾乃はまるで瞬間湯沸かし器のように、ボン、と顔を染めた。

それと同時に
（男の人のアレって、あんなかんじでおおきくなるのね……）

という子供みたいな感想が浮かぶ。

綾乃はじっと彼のズボンの膨らみを見つめ、伺うように声を出した。

「あ、あの、苦しくないの？」

「何がですか？」

「男の人って、こういうの苦しいって聞いたんだけど、違った？」

綾乃の視線と言葉から何を気遣われているのか理解した慧は、未だ赤い顔を片手で押さえながら低い声を出す。

「まぁ、そうですね。苦しいですね」

「ど、どうしたらいいの？」

「は？」

「苦しいんでしょう？　その、苦しくなくなるためには、どうすればいいの？」

慧は口を半開きにした状態で、綾乃を見上げる。

それもそうだろう。聞きようによっては完全に誘っている言葉だ。というか、ほとんどの男がそういう勘違いをしてしまう可能性があるセリフである。

当然のことながら、綾乃はそういう意味で言ってはいないのだが。

慧は疲れたような声を出した。

「放っておけば、収まりますよ。こんなもの」

「放っておけばいいのね」

そう言った後、綾乃はじっと彼の下腹部を見つめ始める。

それは男を誘っている目でも、物欲しそうにしている目でもない。

一番近いのは『観察をしている目』といった感じだ。

綾乃はしばらくそれを見つめたのち「あの……」と困惑したような顔を慧に向けた。

「こんな短時間で落ち着くわけないでしょう！　本当にバカ可愛いですね！　そんなんでよく今まで無事に生きてきましたよね、ほんと！」

「慧がひどい！」

「ひどくない！」

ピシャリとそう言われ、綾乃は狼狽える。

今まで慧にこんな乱暴に叱られたことなんてない。というか、これは叱られたに入るのだろうか。どちらかといえば、怒られた、という感じである。

「なんか、ちょっと大きくなってる気がするんだけど」

「見られると、そりゃ——」

（なんか、怪我《けが》して腫れてるみたい……）

さらに布を押し上げている彼の下腹部を、綾乃はまじまじと見る。

その視線に耐えきれなかったのだろう、慧は立ち上がり、綾乃から距離を取ろうとした

――のだが……。

つん……。

「あ」

「な⁉」

気がついたら綾乃は慧の大きくなったところに触れてしまっていた。興味が湧いたと言ったら雑な理由だが、どんな感じなのだろう……と考えて、気がついたら指を伸ばしてしまっていた状態だ。

綾乃は当たっていた人差し指を慌てて離す。そして、まるで身体を折りたたむようにして慧に謝った。

「ごめんなさい！　なんだか見てたら興味が出てきちゃって！　こんなの、セクハラよね。嫌だったわよね」

「いや……」

「人の身体に、しかもそんなところに勝手に触るなんて、人として最低よね！　本当にごめんなさい！」

「もしかしてそれ、謝っているのに見せかけて、私のこと責めてますか？」

慧は頬を引き攣らせるが、綾乃はなんで自分の発言が彼を責めることになるのかわからずに首を捻った。

「別にそんなつもりはないけれど……」

「そうですか」

「でも、大丈夫？　やっぱりなんか、痛そうだけど」

綾乃の気遣うような視線に、慧は眉間の皺を揉んだ。

「大丈夫じゃなかったら、どうしてくれるんですか？」

「え？」

「貴女が何かさせてくれるんですか？」

「何か？」

「ナニか」

含みを持ったその言葉に、綾乃はかぁっと顔を熱くさせた。両手で顔を覆う。

(『ナニか』ってそういうことよね⁉　えっちなことを期待されているわけよね⁉)

綾乃の脳裏には先ほどまでのツヤめかしいやりとりが浮かぶ。ああいう行為をもう一度求められているのだとしたら、自分には無理だ。彼との行為が無理なのではなくて、単純に恥ずかしい。あんな羞恥にもう一度耐えられる自信がない。

(でも……)

男の人はそのままだと苦しいとか聞いたことがある。見たところ慧は平気そうだが、もしかしたらそれもやせ我慢をしているだけかもしれない。

何やら考え込んでしまった綾乃に慧は眉尻を下げた。

「そんなに赤くならなくても、大丈夫ですよ。冗談ですから」

「え、えっと。どうすればいいの？」

「は？」

「慧が苦しいのは嫌だもの。どうやれば苦しくなくなるのか教えて！　できる限り――」

「あのですね！」

怒鳴り声のようなその声に綾乃は身体をびくつかせた後、慧を見上げた。

視線が絡みつくと同時に、彼の目の端が赤く染まり、口が真一文字に結ばれる。

小首を傾げれば、わずかにたたらを踏んで彼はのけぞった。

「慧？」

「……」

「あの、私……」

慧は深く息を吐き、首を振った。そして、声を低くさせる。

「貴女は自分が言ったことの意味を正しく理解できていますか？」

「た、多分？　その、あの、出すお手伝いをすればいいのよね？」

「どんなことをするのかは？」

「ざ、雑誌で読んだわ！　友達にも聞いたことが……」

「したことは？」

「あ、あるわけないでしょう！」

真っ赤な顔で否定すると、慧はどこかほっとしたような表情になった。

慧は綾乃の隣に座ると、綾乃を覗き込んできた。

「本当にいいんですか？」

「え？　あの。え、えっちなことはだめよ？」

「……………えっちなことはダメ？」

意味がわからないという顔をする慧に、綾乃は両手をぶんぶんと振る。

「あ、あの、その！　入れたりするのはダメで。あの、手とか、なら？　く、口はだめよ？　えっちだもの！」

「手でも十分えっちだと思いますが？」

「そ、それはそうなんだけど！　く、口は、こ、恋人同士じゃないと」

綾乃はもじもじとつま先を擦り合わせる。その後、慧の方を見たかと思うと、顔をますます赤くさせ、両手で顔を隠した。

そして……

「なんか、はずかしいわね……」

と、はにかんだ。

その表情に今度はなぜか慧が顔を覆う。

「あぁー‼　……………したい……」

「え？　何を？」

「なんでもありません」

「したいって？　何かしたいことでもあった？」

「あまりしつこいと怒りますよ」

「え。ごめんなさい？」

綾乃はよくわからないまま謝る。とにかく先ほどのセリフには深く触れない方がいいのだろう。

「本当になんとかしてくれるんですか？」

「ええ。私にできることなら……」

「入れなかったら何をしてもいいというのも？」

「く、口もダメよ？」

「わかっていますよ」

執拗《しつよう》に確認してくる慧に、綾乃は唇を尖らせた。

「というかそんなに何度も確認しなくてもいいわよ。私、そんなに信用ない？」

「違いますよ。綾乃様のために確認しているわけじゃありません」

「え？」

「ここまで確認しているんですから、今更少々嫌だって言ってもやめてやりませんよ……という、私なりの意思表示です」

慧はいつもの彼らしい黒い笑みを湛え、綾乃の手を握りしめた。

◆◇◆

壁に手を当てて立っている綾乃を、慧は後ろからぎゅっと抱きしめた。そのまま頭一つ分低い彼女の耳を食《は》めば、腕の中の小さな身体はこれでもかと反応する。

綾乃はこちらを振り返り声を震わせた。

「そ、それって必要なの？」

「必要ですよ。雰囲気って大事じゃないですか？」

「それは大事かもしれないけれど……」

正直、こんなにちょろくて大丈夫かと心配になってしまう。

彼女は自分のことを信頼してこうして身体を任せてくれているのだろうが、この格好からならいくらでも襲えるのだ。彼女の身体を無理やり開いて、自分のものにすることができてしまう。

（だけど——）

自分は彼女を襲いたいわけではない。犯したいわけではない。身体はもちろん繋げたいけれど、自分が望んでいるのはそれ以上のことだ。

彼女の心も身体も全部が欲しい。

求めているのはそれである。それなら、今ここで欲望のままに全てを奪ってはダメだろう。身体が手に入っても、それでは心が離れていってしまう。せっかくここまで信用してもらっているのに、その信用まで失ってしまう。

綾乃に自分が婚約者だと打ち明けたら、その培ってきた信用だって地に落ちてしまうかもしれないが、だとしても今ここで全て落としてしまう必要はないだろう。

「ここからどうすればいいの？　私、わからないんだけれど……」

「大丈夫ですよ。私が教えますから」

不安そうな彼女にそう耳打ちをして、綾乃のタイトスカートを持ち上げた。そうして、ストッキングのウエスト部分に手を這わせる。ストッキングとショーツを一緒にずらせば、綾乃は赤ら顔で振り返った。

「ま、まってまって！　ちょっと待って！　慧、変なことしようとしてない？　さっき入れちゃダメだって——」

「入れませんよ。挟んでもらうだけです」

「はさ――」

綾乃がその言葉を続ける前に、お尻の方から割れ目に指を這わせた。ぬるりとした愛蜜の感触に思わず口角が上がる。

「これなら潤滑剤を使う必要もないですね。……そんなに気持ちがよかったんですか？」

「だって、慧が――」

「気持ちよかったみたいでよかったです」

そう言って耳にキスを落とすと、彼女は真っ赤になったまま動かなくなった。

寛《くつろ》げたズボンから自分の雄を取り出し臀部につけると、彼女の背筋が伸びる。

「慧、それ――」

「見ない方がいいですよ。怖くなっちゃいますから」

振り返った彼女をそう押しとどめ、お尻の柔肉の間に滾《たぎ》った己を擦り付ける。

秘所とショーツの間に丸い切っ先を突っ込むと、彼女は「ひぅ」と小さな悲鳴をあげた。

「足、閉じていてくださいね」

素直な彼女は内腿に力を入れる。

急に狭くなったその場所に、慧は自分の根をずっぷりと突き刺した。

「――っ！」

「はぁ……」

動かそうと思っていないのに腰が前後にゆらゆらと揺れる。これはもう本能だろう。慧はその衝動のままに綾乃に腰を打ち付けた。

「ひゃぁう！」

腰を動かすたびに彼女の蜜が絡みつき、潤んだ肉が雄を舐める。

「あ、あぁ、ぁん、や、んん」

腰を打ち付けるのと同じリズムで綾乃が喘《あえ》ぐ。その声が耳から入り、毒となって全身の血液を沸騰させる。身体中が熱くなると共に、下腹部にも熱が溜まって、また一段と雄が大きく膨らんだ。

彼女もそれを感じたらしく、「あ」と小さく声を漏らす。

「け、慧。なんかこれ、えっちな気がするんだけど」

「えっちかもしれませんが、入れてもないし、口でさせてもいませんよ」

「それはそうかもしれないけど……」

一般的に言えば十分えっちだが、彼女の言っていた基準には達していない。

全く知識のなかった彼女にこんなの騙し討ちかもしれないが、しかしもう、それは知識がなかった彼女自身がいけないんじゃないのだろうかとも思う。二十五歳にもなって素股を知らないだなんて、『箱入り娘』ならぬ『箱から出てこない娘』だ。よくもまぁ、そんなに汚れることなく純粋に生きてきたものである。

でもそれが同時に彼女のいいところでもあるのだから、愛すべき長所でもあるのだから、仕方がない。

慧は止まることなく腰を打ち付ける。

（やば……）

気を抜いたらすぐに吐き出してしまいそうだ。きっとその瞬間はすごく幸せなのだろうと自分でも予想ができるけれど、もうちょっと待ってほしい。まだ楽しみたい。

慧は自分自身を抑え込むために、律動を止める。そして、壁に縋るようになっていた綾乃に声をかけた。

「はぁ……大丈夫、ですか？」

「平気。なんかぬるぬるして、変な感じだけど」

「さっきから溢れてきていますもんね？」

「い、言わないで！」

真っ赤になってそう恥ずかしがった後、

「慧はどう？　気持ちがいい？」

彼女はそうこちらを気遣ってきた。

その優しさが嬉しくて同時に危なっかしい。

慧は彼女を後ろからぎゅっと抱きしめた。そして、唸るような声を出す。

「こういうこと、他の人にやらないでくださいね」

「や、やるわけないじゃない！　け、慧だけよ？　こんなの……」

（なんだこの、可愛い生き物は……）

もう、ただただ可愛い。めちゃくちゃ可愛い。可愛すぎる。

「……貴女は私をどうしたいんですか？」

「どうって？」

「そんなふうにされても、もうこれ以上はありませんよ？」

「なんの――」

慧は律動を再開させる。

己の丸い切っ先が彼女の赤い芽に触れて、彼女の全身が硬くなった。

この気持ちのもう一段階上。そんなもの存在するのだろうか。存在するとして、自分の中でその場所に立てるのは彼女だけだろう。きっと。

「あ、あぁ、ん、んんんん――！」

彼女の荒い呼吸が限界を伝えてくれる。こちらもそろそろ我慢がきかない。

慧は綾乃をこちらに向かせ彼女の乱れた髪をかき分ける。

「綾乃、好きだ」

最後は本来の自分の声色でそう言って、慧は白濁を解き放った。

◆◇◆

二人がそうやって互いの、もしくは己自身の感情と向き合っている時、宝船は誰かに電話をかけていた。

清太郎と会った料亭近くの橋の上で、彼は欄干から身を乗り出しながらいつもの陽気な声を響かせる。

「うん、万事うまく行ったよ。大丈夫大丈夫！　そっちの方もちゃんとしたから……」

うんうんと何度も頷き、電話口にいる彼の文句を受け止める。彼の文句は文句であって文句でない。言うなれば愚痴のようなものだ。ただただ受け止めれば問題ない。

「そうだなぁ、一つ問題あるとするなら、本当に彼女が可愛すぎたってことぐらいかな。俺、本当に彼女のこと好きになっちゃったかも」

からりとした声で彼はとんでもないことを言い、最後にはにっと歯を見せて笑った。

「なぁ、冗談じゃなくて僕と彼女がくっつけばいいと思わない？」

そのトンデモ発言に電話口からは『本気ですか』というような呆れたような声が聞こえたのだった。

第三章

慧となんだかとってもいけないような夜を過ごした、その翌日――

「それで、この前の彼とはどうなったの？　慧さん、だっけ」

「え？」

あまりにもタイミング良く愛海からそう聞かれ、綾乃は持っていた箸を床に落とした。

そこは彼女といつも食事を共にしている会社の食堂。今は少し遅めの昼食タイムである。

壁にかかっている時計は午後一時を指し、食堂にいる人間はまばらになっている。

現在同じプロジェクトを任されている二人は、昼前にあった会議が後ろに延びてしまい、そろってこんな時間にお昼を食べることになってしまったのだ。

人がいないためか、愛海は遠慮することなく綾乃に質問を投げかける

「デートに行った後、変な女が出てきて、そのまま喧嘩しちゃったってところまでは聞いたんだけど、その後のこと聞いてないなぁと思ってさ！　もう、あれから気になっちゃって、気になっちゃって！　仲直りした？　それとももうどうでも良くなっちゃった？　ね

え、教えてよー！」

彼女は興奮したように、そう身を乗り出してくる。

本当はデートのことなど話すつもりはなかったのだが、愛海の話しやすい雰囲気に流されるように気がつけば話してしまっていたのだ。もちろん家のこととか彼との関係は秘密にしている。なので慧のことも『三年前に知り合った彼』という話になっていた。

綾乃は昨日の出来事を思い出しながら、声を小さくした。

「とりあえず、喧嘩の件は私の杞憂《きゆう》だったみたい。女性は大学時代の後輩とかで、『相手はどう思っているかは知りませんが、少なくとも私はなんとも思っていませんよ』って」

「そっか！　相手の片想いって感じねー。慧さんって結構モテるのねぇ」

あの行為の後、綾乃はあらためて慧と話し合った。その時に、ずっともやもやしていたあのデート先に現れた女性の話を聞いたのだ。慧が言うにはあの女性と付き合っていた事実はなく、むしろ付き纏《つまと》われていて迷惑だと。

本当にそうなのか、綾乃には真実はわからない。ただ――

『過去に付き合った女性がいないとは言いませんが、こんなに好きになったのは貴女が初めてですよ？』

そう言われ、不覚にも機嫌が直ってしまったのだ。

自分でも本当に単純でちょろくてどうしようもない女だ。

「それで、慧さんの気持ちは聞き出せたの？」

綾乃が頬を赤らめながら、「うん」と言うと、それで気持ちがわかったのだろう、彼女は「そっかー、よかったねぇ」と彼女の肩を叩いた。

「ってことは、綾乃もフリー卒業ってことかー！」

「え⁉　ま、まだよ！」

「は？」

「まだ私、自分の気持ちがよくわかってないもの。慧のことは嫌いじゃないけど、そのそういう好きなのかわかんないし……」

綾乃の答えに、愛海はピタリと固まった。そして、すごく慎重に言葉を選ぶ。

「えっと、聞いてみるんだけど。その後輩の女性と慧さんが一緒にいるのを見て、綾乃は嫌な気持ちになったのよね？」

「ええ、そうね。よくわからないけれど、胸がモヤモヤって……」

「慧さんからキスされた時は、嫌だった？」

「嫌じゃないわ！　ちょっと恥ずかしかったけれど……」

「それで、慧さんから告白されて、綾乃は嬉しかったのよね？」

「もちろん！　そういう気持ちを向けてくれるのは、その、嬉しかったわ」

よどみなく質問に答える綾乃に、愛海は困惑した表情を向けた。

「前々から思ってたけど、綾乃ってさ……」

「なにかしら」

「処女？」

瞬間、ぼん、と綾乃の顔が赤くなる。

何も答えてないのに、その表情だけで愛海は事情を察したようだった。

「まぁ、綾乃って真面目一辺倒って感じだもんねー」

「ち、ちが……」

「どことなくいいところのお嬢さんって感じもするし、箱入り娘だったんじゃない？」

図星だ。この友人。見かけによらず、人のことをよく観察している。

「だって今時、『自分の気持ちがわからない』なんて、高校生でも言わないわよ。しかも、なんでそんなに鈍いのよ。そこまでくると、マジで慧さん可哀想よ？　自分の気持ちにもそこまで鈍いアンタに、自分の気持ちを知ってもらうだなんてすごい大変そうだもの」

「そう、かもしれない……」

普段なら言い返すのだが、その時はそれしか言えなかった。だって何もかも愛海の言う通りなのだ。綾乃が彼の気持ちに気づかなかったから、あんなすれ違いが起きて、だからこそあんなことになってしまったのだろう。

「というかさ、慧さんってどんな人なの？　綾乃の話からだと具体的な想像ができなくてさ。優しいのとか、ちょっとSっぽいのはわかるんだけど……」

「えっとね、身長は百八十位あるんじゃないかな。結構細身で、顔は……」

「そうじゃなくて、そうじゃなくて！　私が言ってるのは中身の問題よ！　あんたの話を聞いてたら、顔がいいのは聞かなくてもわかるわよ」

「中身って言われても、何を言えばいいの？」

「そうね。例えば趣味とか？　あと、血液型とか、誕生日とか！」

「趣味、血液型、誕生日……」

呆けたように愛海の言葉を繰り返す
(よく考えたら私、慧のこと何も知らないのかも……)

彼のことで言えるのは、名前と年齢ぐらいなものだ。あと、コーヒーはブラック派で、赤とか青とかはっきりとした色が好きなんだろうというぐらいだ。

誕生日だって、血液型だって、何も知らない。

(そういえば慧って、お爺さまとやけに親しげなのよね)

「今日は清太郎様とご飯を食べてました」ということがよくあるし、清太郎自身も頻繁に彼のことを呼び出している。慧が優秀なので気に入っているのだろうな、とも思うのだが、なんだかそれ以上の何かがある気がしないでもない。

(慧ってどんな人なのかしら)

それは三年間付き合ってきて、初めての疑問だった。

◆◇◆

それから三日後——

「ねぇ、慧。もう寝る？」

綾乃がそう言ったのは食事もお風呂も終えて後は寝るだけになった、午後九時。彼も一日の仕事を終えて自分の部屋に帰ろうとしている時だった。

「よかったら、もうちょっと話がしたいんだけど……」

「もうちょっと？　もしかして、何かありました？　悩み事でも」

「ち、違うの！　そういうんじゃなくてね……」

心配そうな彼に、綾乃はモジモジと指先を合わせる。そして、頬を染めながら口を開いた。

「私、慧のことが知りたいの……」

「私のこと？」

「だって私、慧のこと何も知らないでしょう？　誕生日とか血液型とか、何が好きで、何が嫌いとか。どこ出身なのかも気になるし、どういうテレビ番組が好きなのかとか、どういう本を読むのかとか、映画はどういうジャンルが好きなのかとか。あとはあとは……」

「綾乃様？」

「慧は私のことなんでも知ってるのに、ずるいなぁって思っちゃって」

慧は、綾乃の誕生日も、血液型も、好きなものも、嫌いなものも。趣味も、どういう友人がいて、どういう交友関係があって、どういう家族構成で、どういう性格なのかも、全部全部知っているのに。綾乃は彼のことを何一つ知らない。いや、何一つ、は言い過ぎかもしれないが、それでも誕生日も血液型も趣味も全くわからない。

少し落ち込んだ様子の綾乃に、慧は思わずといった感じで噴き出した。

その顔には笑みが滲んでいる。

「何が面白いのよ！」

「いや、最近の綾乃様は随分と私に興味があるんだなぁと思いまして」

「そ、それは……」

「いいですよ。素直に嬉しいですからね」

そう言いながら彼は上着を脱ぐと、腕にかけた。そして、目を細める。

「もう少し待っていただけますか？」

「え？」

「仕事時間はこれにて終了なので、私もお風呂に入って着替えてきます」

「そ、そうよね！　わかったわ！　待ってる！」

それは確かにそうだ。彼の仕事はこれで終わりなのだから、これ以上彼を引き止めるわけにもいかない。

この家の風呂場は一階と二階に一つずつあり、一階は綾乃、二階は慧が使うことになっていた。

「一時間後に私の部屋に来ていただけますか？　準備してお待ちしておりますので」

「わ、わかったわ！」

「本当にわかっているんですか？」

急に低くなった声に綾乃は「へ？」と目を瞬かせる。

「夜中に男の人の部屋を訪れる意味を、です」

「なっ――!?」

「どうやら、わかっておられるようでよかったです」

真っ赤になった綾乃を見て、慧は満足そうに唇を引き上げる。

「……では、一時間後に」

リビングの扉を出ながらそう言って、彼はネクタイを緩めた。

それから、きっかり一時間後――

慧の部屋の前には綾乃がいた。扉の前で固まる彼女の耳は赤い。

『本当にわかっているんですか？』

『夜中に男の人の部屋を訪れる意味を、です』

慧の先ほどのセリフが何度も耳の中で蘇る。いつもとは少し響きの違うその甘ったるい声に、綾乃の脳内はすぐに埋め尽くされてしまう。

（あ、あんなの冗談に決まってるわよね！　慧に限ってそんな――）

そう思おうとするが、綾乃は彼の気持ちをもう知ってしまっているのだ。彼のいう『好き』というのが恋愛感情だということも理解しているし、彼が自分とそういうことをしたいと思っているのもちゃんとわかっている。

だけど、あれから彼はいつも通りなのだ。擬似的にだが身体を重ねてしまって、綾乃はしばらく彼の顔をまともに見られなかったのに、彼は行為の前と変わらず、彼女に接してくれている。それはきっと綾乃のことを気遣ってそういう態度なのだろうと思うのだが、彼女はそんな彼の優しさに少しだけ緊張を解いてしまっていた。

慧の先ほどのセリフは、そんな彼女の緩んだ気持ちを大いに引き締めるものだった。

（だ、大丈夫よね……）

あれはきっと脅しだ。夜に男の部屋を訪れるのならば、そういう緊張感を持って来いという彼なりの優しさなのだろうとは思う。しかし、四日前のことが頭の中を駆け巡り、彼の部屋をノックできなかった。

そのままもんもんと考え込んでいると……

「いつまでそんなところにいるんだ？」

扉が開いて、慧が顔を覗かせた。その顔はいつもの執事然としたものではない。口調も格好も雰囲気も、いつかのデートの時のような、砕けたものになっていた。

先ほどまでシャワーを浴びていたためだろう。少し湿って束になった髪の毛が前から垂れていて、それがなんだかすごく色っぽい。服装も大きめのTシャツに緩いボトムといった気の抜けた格好だった。

「そんなところに固まってないで、入ったらどうだ？」

「あ、うん。お邪魔します……」

三年間一緒に暮らしていたけれど、彼の部屋に入るのは初めてだった。

おずおずと足を踏み入れると、最初に見えたのは背の高い本棚だった。洋書や文芸書、文庫などが雑然と並べられた本棚に彼が読書好きなのがうかがえる。次に見えたのが、ローテーブルとソファー。奥には扉が見える。その扉の向こう側にはベッドルームがあるのだろう。この辺の作りは綾乃の部屋と同じだった。

部屋の中は全体的に黒と白で統一されており、生活感はあまりない。その辺は、思っていた彼のイメージとぴったりだった。

「綺麗にしてるのね。男の人の部屋って、もうちょっと雑然としてると思ったわ」

「まぁ、あまりこっちにものは置いてないからな」

こっち、ということは、彼はもう一つどこかに暮らせるような部屋を持っているのだろうか。それも綾乃は知らない情報だった。

「慧の部屋に入るだなんて、なんだかちょっと新鮮ね」

「そんなに見回しても面白いものは何もないぞ」

綾乃は部屋の中に入り本棚を物色する。

「ねぇ、慧の卒業アルバムとかないの？」

「ない。実家の方に置いてあるからな」

「そうなのね！　ねぇ、実家って——」

「ストップ」

口に人差し指を当てられて発言を止められる。

「なに?」

「俺のことを教えるのは良いけど、タダは嫌だなぁって。ほら、何かを得るなら何かを差し出すのが道理だろう?」

「そうね！　そ、それじゃ、いくら払えばいいのかしら?」

綾乃がそういうと、慧は噴き出した。本日二度目である。結構失礼だ。

何を笑われたのかわからず、綾乃が頬を膨らませると、慧は優しく彼女の頭を撫でた。

「お金はいらない」

「それじゃ、何を――」

「キス」

「キス⁉」

思ってもみなかった対価に、綾乃はこれでもかと目をひん剝いた。

そんな彼女に慧はグッと顔を近づける。

「質問に答えた数だけキスさせて」

「き、聞いてないわよ、そんなこと！」

「聞いてただろ？　『夜中に男の人の部屋を訪れる意味わかってるか』って」

「それは……」

「その調子じゃ、冗談だと思ってたのか？」

冗談だとは思っていなかったが、脅し程度だとは思っていた。まさか本当にそういうことを求められるとは思ってなかったのだ。

（キス……か）

綾乃は逡巡する。

彼の雄を足で挟むという行為よりは、よほど難易度が低い。しかも、彼とのキスは初めてではないのだ。慣れている、とは言えないが、それでもハードルはそこまで高くない。

もちろん低くはないのだが……

(でもキスって……)

はい、どうぞ。とは言《い》い辛《づら》い。

前にした時だって、同意の上というわけではなかったのだ。でも、こんな千載一遇のチャンスを逃していいのだろうか。慧が素直に質問に答えてくれる機会なんてあまりない。

三年間一緒に暮らしてきて綾乃が彼のことをあまり知らないのは、もちろん彼女が聞かなかったのが原因ではあるのだが、慧が意図的にそれらを隠してきたという理由もある。綾乃が彼の身元を特定するようなことを聞こうものなら上手にはぐらかされ、話題を変えられ、お茶を濁されてきた。そんなことが続けば綾乃だって、聞いてほしくないのかな……、と思うし、聞くような機会もなかなかなかったから今までこうしてダラダラとやってきてしまっていたのだ。

(もしかして、これもはぐらかそうと思って言ってるんじゃ……)

その可能性は十分ある。

こういうことを言えば、綾乃はきっと怖くなって逃げ出すだろう。

そういう目算を立てられている気がする。

(その手に乗るのは、なんだか釈然としないわね……)

　しかも、このままここに留まれば彼の部屋も物色できるかもしれないのだ。人の部屋を物色する趣味なんてないが、謎が多い彼の部屋に興味が惹《ひ》かれるのも事実である。

　いつまで経っても答えを出さない綾乃に、慧は困ったように笑う。

「別に、俺は今から帰ってもらってもーー」

「わかったわ！　キス、する！」

　綾乃の宣言に、慧は珍しく驚いた顔になった。

「本当に？」と聞いてくる顔に、彼女はさらにこう続けた。

「その代わり、口はダメだから！」

「は？」

「く、口は、恋人同士になってからでしょ？」

「もう何度もしているのに？」

「あれは、慧が勝手にしたんでしょ？　私は許可してないわよ！」

　そう言い放ってから、綾乃は慌てたように「別に、慧とのキスが嫌だったってわけじゃないからね！」とフォローする。

「綾乃って、割と恋人って関係に夢を見てるよな？」

「べ、別に良いでしょ！　頬にしたってキスはキスよ！」

　子供だと言われたようで恥ずかしい。

綾乃が狼狽えたような声をあげると、彼は優しく微笑みながら彼女の頬を撫でた。

「本当にいいのか?」

「ええ、いいわよ」

頬にキスするぐらい、なんともない。もちろん恥ずかしさはあるが、唇を合わせるのに比べれば、幾分かマシである。

「わかった。キスは別のところにな」

「け、慧がするの?」

「それはそうだろ?」

確かに等価交換ならそういうことになるのだろうが。てっきり自分がするのだと思っていたから、ちょっと恥ずかしくなってくる。

慧に促されるように綾乃はソファーに座る。ピッタリとくっついた身体にちょっとドギマギした。

「それじゃ、何から聞きたいんだ?」

雰囲気を切り替えるような慧の声に、綾乃は口元に手を当てた。

「えっと、名前は知ってるし、身長もなんとなくわかるでしょ? それなら、誕生日とか、血液型は?」

「誕生日は8月9日。血液型はAB型」

「誕生日、私と近いのね！　今年は一緒にお祝いしましょうね！」

「そうだな」

慧はふっと表情を崩すと、「それから？」と続きを促した。

「えっと、趣味は？」

「特にこれというのがあるわけじゃないが、映画鑑賞は好きだな」

「映画鑑賞！　慧ってどんな映画見るの？」

「どんな……か。基本にはなんでも観《み》るが、アクションものが好きかな」

「アクションもの？　洋画とか？」

「そうだな。洋画は予算がたくさんかかった派手なのがやっぱり魅力的だよな」

「なんだかちょっと意外ね！」

驚いたような綾乃の声に、慧は「そうか？」と首を捻る。

壁一面に本が並んでいるから読書が趣味なんだと思っていたし、並んでいる本のラインナップはミステリーが多いからそういう物語が好きなんだと思い込んでいた。

「他には？　スポーツとかはしないの？」

「スポーツは特に。苦手なものはないが、得意なものもないって感じだったな。大学生の頃は友人に誘われてフットサルをしていたりもしていたが……」

「フットサルって、サッカーのことよね？」

「正確には違うんだが、まぁ同じようなものだな」

「同じようなもの?」

「プレイ人数とか、ボールの大きさとか、ピッチの広さとか、その辺はサッカーと違うな。ピッチが狭いから、個人に与えられる役割もサッカーほどしっかり分かれてないし……」

「なにそれ！　結構違うじゃない」

まさに目から鱗《うろこ》といった感じだ。てっきりフットサルというのはサッカーの別の呼び名だと思っていた。

「それなら、フットサルにもプロがあるのは知ってるか?」

「プロって、プロ選手?　リーグがあるの?」

「あぁ、大学の時の友達がプロ選手になっててな。今度試合をするらしいんだが、もしよかったら一緒に――」

「行く!　行きたい!」

ぴっと真っ直ぐに手をあげて綾乃はそう主張した。

「それじゃ、今度チケットをもらっておく」

「わぁ。楽しみにしておくわね!」

はしゃいだような声を出しながら喜びを表す綾乃に、慧は目を細めた。

最後は女性が出てきて台無しになってしまった感があるあの時のデートだが、振り返ってみれば楽しかった思い出ばかりが頭に浮かんでくる。だからきっと、試合を見に行くのも楽しいのだろう。

（もしかして、これもデートになるのかしら……）

そう思ったらなんだか少し心が浮き足だった。楽しみのような、ちょっと緊張するような、なんだか変な感じである。

「他に質問は？」

慧のその問いに綾乃は「えっと……」と首を捻った。何を聞けば彼のことをもっと知れるだろう。頬へのキスとはいえ、こちらも支払うものがあるのだから、多少は慎重にならなければならない。

そうしていると、慧が綾乃の肩を引き寄せた。そうして頬に柔らかな感触が当たる。

「え？」

「そろそろ、対価をもらってもいいだろ？　あまり溜めると、きついのは綾乃だし……」

「な、なんのこと⁉」と声をあげる綾乃をソファーに押し倒し、慧はもう片方の頬にキスを落とす。いきなり押し倒されたことと、キスに綾乃はその場で足をばたつかせた。

「ちょっと、慧！　まだ質問は――」

「考えてていいぞ。こっちはこっちで好きにやるから」

そうして今度は目元にキスが落ちてくる。啄むようなそのキスは可愛いけれど、自分を見下ろす彼の目は少しも可愛くない。というか、この目は少し前に見た気がする。

「あ、あの、慧。何か変なこと考えてない？」

「考えてない」

そう言ってまたキスをしようとしてきた慧を綾乃は手を突っ張って止めた。

「ちょ、ちょっと、何回する気？」

「何回って、質問した数だけど。今のところ……八回かな」

「はち⁉」

慧は綾乃の目の前で指を折り、質問を数え始める。

「誕生日に血液型。趣味に、どんな映画が好きか、だろ？　それから、どんな洋画が好きかも聞かれたし。スポーツだったらどんなことをするのか、サッカーとフットサルの違い。リーグ戦があるかどうか……」

「ちょ、ちょっと待って！　それって会話の流れで質問したやつじゃない！」

「でも、質問は質問だろう？」

騙された……と顔が青くなって、それでも頰へのキスが八回ならと、少し安心してしまった。しかし――

「よく考えたらあと五回しかないのか。大切に使わないとな」

と彼はわけのわからないことを言ったかと思うと、綾乃のパジャマのボタンを外し始めた。

「ちょ、ちょ、ちょ！　ちょっと待って！　何してるの？」

「外さないとキスができないだろ？」

「どこにする気よ！」

「胸？」

何を言ってるんだこいつは……と本気で正気を疑ってしまいそうになる。

綾乃はボタンを外されたパジャマの前を手でぎゅっと摑む。けれど、そんなささやかな抵抗が彼に通じるはずがなかった。胸元を押さえていた手を外し、指が絡みつく。そうしてあっという間にソファーの座面に綾乃の手は固定されてしまった。

「口以外ならどこでもいいんだろ？」

「そういう意味で言ったんじゃないわよ！」

「それで、他に質問は？」

「他って――」

「今ならなんでも答えるけど？」

彼の猛禽類《もうきんるい》のような瞳に一瞬だけビクついたが、『なんでも答える』という響きに心がぐらつく。

「本当になんでも答えてくれるの？」

「答えるよ」

砂糖をまぶしたような甘ったるい声でそう言って、彼は首筋にキスを落としてきた。本当に彼はこれから頬以外にキスをしていくつもりらしい。

それなら、もうここまでくれば一緒だろう。二回や三回キスされる回数が変わっても、きっとあまり関係ない。

綾乃は背筋を駆け上がる快感を堪えながら、口を開いた。

「どこで生まれて、どこで育ったの？」

「東京生まれで、東京育ち。一時期は、父の会社の都合で海外にいたけど、二年ぐらいの間だからな」

綾乃も海外にいたことがあるので、それはちょっと親近感だ。

慧は綾乃と繋いでいた手を離すと、再びボタンに手をかけた。綾乃は咄嗟にボタンが外されるのを防ごうとするが、彼の強い視線に手が止まってしまう。

慧は綾乃の背中に手を回し、ブラジャーを外す。そして、上に着ていたインナーごとブラジャーをたくし上げた。瞬間、ぷるんと胸が飛び出てくる。外気に晒された彼女の先端はしっかりと上を向いてしまっていた。

慧は綾乃の上で揺れる二つの胸をじっくりと品定めするように見つめた。

「回数が決められてると、どっちにするか迷うな」

「へ、変態！」

「こっちにするか。それともこっちに――」

「ゃぁ――」

指で先端をぐりっと潰されて、腰が浮くと同時に変な声が漏れた。

「可愛い声」

「――っ！　慧のえっち！　いじわる！」

「いじわるしたくなる方が悪いんだろ？」

慧は首筋からゆっくりと舌を這わせ、右胸の先端をしっかりと咥《くわ》えた。そしてじゅっと強く吸い上げる。

「ちょっと、やだ。それキスじゃ――」

綾乃は必死に抵抗するが、慧は一向に離れる気配を見せない。全く唇を離さないところから考えるに、どうやら彼のカウント方法では唇を離すまでがキス一回らしい。その間に舌で舐めようが、齧《かじ》ろうが、吸おうが、関係ない。

「や、そんなに、吸わな――んん！」

（やばい――）

身体の中心が熱くなって、下着が濡れたのがわかった。感じてしまっている自分が恥ずかしい。

綾乃は慧の唾液でテラテラと光る胸の頂点を見下ろした。そうしていると、慧の大学生時代の後輩女性の姿が頭をよぎる。

胸をわざと押しつけるように慧と腕を組んできた彼女の胸元は、びっくりするぐらい豊満だった。それなのにちゃんとウエストもあって、すごく羨ましかったのを思い出す。

「慧ってさ、大きいのが好きなの？」

「ん？」

「わ、私、その、どちらかといえばささやかな部類なんだけど……いいの？」

主語は言わなかったが、視線でわかったのだろう。彼は不思議そうな顔で片眉を上げた。

「何を考えてるんだ？」

「だってあの、男性ってやっぱり大きい方が好きなんじゃないの？　グラビアの人たちってやっぱりこう、すごく大きいじゃない？」

「まぁ、大きい方がいいって人がいるのも確かだけど……」

慧はそこで一度言葉を切る。

「俺は大きさなんて関係なく綾乃のがいいよ」

その言葉に心臓がぎゅっと縮こまる。ときめいたのだと数秒遅れて気がついて、こんなセリフにときめいている自分がちょっと恥ずかしかった。

慧は綾乃を組み敷きながら、ニヤリと頬を引き上げる。

「あと、四回か。あぁ、でも出身地と育った場所を聞かれたから、あと六回か」

「二回も増えてる！」

「出身地と、育った場所、で二回だろ？」

そう言って今度は腹部に顔を近づけた。そして臍《へそ》の上にちゅっと唇が触れる。そのまま彼はどんどん下がっていき、とうとうパジャマのズボンに手がかかった。

さすがに綾乃もこれは想定しておらず、悲鳴のような声をあげた。

「ちょっと、何ずらしてるのよ！」

「脱がさないとキスできないだろ？」

「脱がさないといけないところにキスしないで！」

「口以外なら、どこにキスしても良いって話だろ？」

「そういう話じゃ――」

「そういう話になったんだ」

言い争いをしている間にズボンは脱がされてしまう。

上にはパジャマを羽織っているが、下はショーツだけになってしまい、綾乃は恥ずかしさに膝を擦り合わせた。

慧は太ももにキスを落とすと、「あと四回」と楽しそうにカウントする。

「ちょっと、まって」

「嫌だ」

今度は綾乃の片膝を立てて、内腿に舌を這わせた。そのまま軽く吸い付いて赤い跡を二つ残す。その後、さらに彼はショーツに手をかけた。

「ちょっと、慧！　それはさすがにやだ！　やめて！　お願い！」

「あと二回」

そのカウントダウンに背筋が震えた。

彼はショーツの上から綾乃の割れ目に舌を這わせ、密かに立ち上がってきていた赤い実に唇を落とした。そして、じゅっと吸い上げる。

「あぁあぁ――！」

目の前がチカチカして、腰が跳ねた。背筋が反って、思わず彼から逃げようとするが、慧は腰を掴んだまま綾乃を離そうとしない。

「あと一回」

まるでそれが死刑宣告のように感じられて、綾乃は身を硬くした。

ショーツにかかっていた慧の手に力がこもる。ゆっくりとショーツがずらされようとしたその時、――電子音が鳴り響いた。

それはテーブルの上に置いていた慧のスマホからで、彼は一瞬躊躇したのちに電話をとった。

「……はい」

『慧、今いいか？』

「ちょっと待ってください」

（え？）

すぐさま離れていってしまったので少ししか聞こえなかったが、電話口の声は清太郎のものだった。

（どうしたのかしら？）

綾乃は起き上がり、身体を隠すように身体の中心で手を重ねる。

慧は部屋の隅で何やら話していた。そして、しばらく電話をした後、どこか焦った様子で綾乃の方に駆け寄ってくる。

「悪い。急に呼び出しがかかった。友人がちょっと事故を起こしたみたいで」

「事故？」

瞬間的に嘘だとわかった。だって、電話口の声は清太郎だったのだ。どうして彼から慧の友人の話が飛び出してくるのだろうか。

（どうして嘘なんか……）

そうしている間に、慧は綾乃の服をもう一度着せて、その場に膝をついた。

「ちょっと急な呼び出しだから今日は帰ってこないかもしれない。ちゃんと温かくして寝るんだぞ」

「わかったわ」

「戸締まりはしているし、何かあっても警備会社の人間が来てくれると思うが、異変を感じたらすぐに連絡してくるように」

「こ、子供じゃないんだからそんなに心配しなくても大丈夫よ」

そう返事をした綾乃の頭を、慧は誉《ほ》めるように撫で、家から出ていった。

残された綾乃は、困惑した表情で床をじっと見つめる。

「慧、私に何を隠してるの？」

◆◇◆

結局、朝になっても慧は帰ってこなかった。

(慧、今日も家に帰ってこないのかな……)

仕事を終えた綾乃はため息をつきながら会社から出る。

今日は一日、仕事が手につかなかった。突然出ていった慧が心配だったということもあるし、彼が自分に隠し事をしているという事実に動揺が隠せなかったと言うのもある。

彼も人間なのだから隠し事の一つや二つはあるとわかっているのだが、清太郎に呼び出された事実をどうして綾乃に隠すのか。その理由がわからなくて、昨晩もよく眠れなかったのだ。

(慧が今まで自分のことを話そうとしなかったのって、単なる秘密主義ってわけじゃないのかも……)

なんとなく慧は自分に嘘をつかない人だと思っていた。秘密にはするけれど、自分のことも話さないけれど、嘘は言わない人間だと、そう思い込んでいた。

だからきっとこんなにショックなのだ。裏切られたわけではないが、裏切られた感がどうしても拭えない。

「はぁ……」

綾乃が今日何度目かわからないため息をついたその時だ。

「あ。出てきた出てきた！　綾乃チャン！　ヤッホー！」

聞き覚えのある声が耳に届いて、綾乃はそちらに顔を向けた。すると、道路に止まっている一台の外車が目に入る。

綾乃はそれを見て目を丸くした。

道路に止まっている車がド派手な赤いイタリアのスポーツカーだからではない。その前に立っていた男が、宝船隼人だったからである。

「貴方は――！」

「会いたくなってきちゃった！」

彼はそう言いながら、こちらの方に歩いてくる。

綾乃はそんな彼に隠すことなく嫌な顔を向けた。

「帰ってください。私は貴方と話すことなんかありません」

「あれ？　もしかして怒ってる？」

「怒らないとでも思ったんですか？」

「やっぱ怒るよね？　わかるわかる！　俺だって同じことされたら怒るもん」

反省の色が見られないどころか、そもそも反省するつもりがない隼人に、綾乃はこめかみに青筋を立てた。どうやら悪いことをしたという自覚はあるようなのだが、それも自分なら許されると思っているようだ。

綾乃は今までにないぐらい声を低くさせる。

「なんの用事できたんですか？」

「いやぁ、そういえば俺、綾乃チャンから報酬もらってないなぁって思って」

「はい？」

「ほら、嘘つくのに付き合ったらデートしてくれるって約束だったじゃん！」

その言葉にポカンとして、また腹が立った。どうしてそんなことがいけしゃあしゃあと言えるのだろうか。この人は自分のしたことがわかっていないのかもしれない。

「絶対に嫌よ！　というか、騙したくせによくそんなこと言えるわよね！」

「でもほら、あの契約に『名前を偽っちゃダメ』とかなかったし、俺から自分の正体を言ったわけじゃないしさ。俺に落ち度はなくない？」

「落ち度しかないでしょう！　私を騙すつもりだったって貴方が言ってたんじゃない！」

「そんなこと言ってたっけ？」

「言ってました！」

「まぁ、そんな細かいこと水に流して、俺とデートしようよ」

隼人のメンタルがあまりにも鋼すぎて、綾乃は頬を引き攣らせた。今までの綾乃の常識にはいなかった人物だ。面の皮が厚いなんて言葉があるが、彼の面の皮はそれこそ百科事典並みだろう。

「貴方と一緒にデートなんてしたら、何されるかわかったものじゃないわ！　私はそんなに危険なこと、絶対にできません！」

「ええ。心外だなぁ。……でもま、今はそれどころじゃないか。鳳条グループ大変だもんね」

「……どういうこと？」

「あぁ、まだ知らない？　そっちの内部情報が流出した件」

綾乃は「はぁ!?」とひっくり返った声をあげた。

そんなこと全く聞いていない。初耳である。

「まぁ、うちの会社にも今朝入ってきたニュースだしね。内部情報って言っても、顧客情報が流出したとかじゃなくて、今度吸収合併する会社の情報が流れたってだけなんだけど」

「そんな……」

「まぁ、前々からそうなるんじゃないかって言われてた会社だし、情報としてはそんなに痛手じゃないけど。こういう大切な情報が漏れる企業だって知られただけでもイメージは悪いよね！」

ああいう大切な決定は、基本的に清太郎が決める。相談も本当にごく一部の信頼した人間にしかしないし、その相談する人間も彼は相当慎重になって選んでいるはずだ。

つまり、清太郎が下手をうったということになる、のだが……

（そんなことありえるの？　お爺さまがそういう大事なことを漏らしちゃうなんて……）

いつも迷惑をかけられっぱなしの綾乃だが、やっぱり仕事の面では清太郎に一目を置いている。彼の仕事の仕方には尊敬するところしかないし、信頼もしている。だから彼が自分で情報を漏らしたことも考えられないし、漏らすような人物に相談していたことも考えられないのだ。

困惑する綾乃に、隼人はケラケラと笑う。

「でも、知ってるのかと思った。だって、内部情報を漏らしたって言われてるの、君の執事くんだもん」

「え？」

その瞬間、昨日慧にかかってきた電話を思い出した。つまり、彼が昨日清太郎に呼び出された理由は——

「ちょっと待って！　そんなわけないわ！　だって、そんな大事なこと、なんでお爺さまが慧に……」

清太郎は確かに彼のことを気に入ってはいたが、それだけだ。彼が会社のことを相談するならば、もっとふさわしい人物がいるはずである。

「それはさ。つまり、彼が清太郎さんから見て、信用に足る人物だったってことじゃない？」

「信用に足る人物？」

「本当に執事くんのこと、何も知らないんだね」

その言葉にカチンときた、が、何も言い返せない。だって慧のことを知らないのは本当なのだ。どうして、彼がそんなことを疑われているのか。どうして、それを自分に隠そうとしたのか。

「なんなら、俺が教えてあげようか？」

「……どういうこと？」

「俺とデートしてくれたら、執事くんのこと教えてあげるって言ってるの」

綾乃は大きく目を見開いて驚いたような表情になったが、すぐに彼を睨《にら》みつけた。そんな条件、飲めるわけがない。

隼人は綾乃の強い視線を受けても、いつもと変わらない調子で笑みを浮かべた。

「いいよいいよ。すぐに解答は出ないでしょ？　俺はゆっくりと待ってるからさ」

そう言って彼は綾乃に近づき、彼女のカバンをトントンと指で叩いた。

「前に教えた電話番号。まだ変わってないからさ。もし気が変わったらいつでも電話してきて。とっておきのデートを用意してあげるからさ」

言いたいことだけ言った後、彼は「じゃーねぇ」と手を振りながら去っていく。

彼の背中を見送りながら、綾乃はカバンをぎゅっと握りしめるのだった。


その日の晩、綾乃はスマホの前にじっと座り、慧からの連絡を待っていた。

昨晩、『今晩は帰れませんが、必ず明日一度は連絡します』とメッセージが来ていたので、その連絡を待っているのだ。

しかし、なかなか連絡は来ない。夕食時もお風呂の時もスマホを手放さなかったし、定期的にチェックをしているが、慧からの連絡どころか、友人や清太郎からの連絡さえ来ていない状態だ。

(今日はもう、来ないのかな……)

もうすぐ深夜の十二時を回ろうかという時間に、眠気が足元から這《は》い寄《よ》ってくる。いつもならもうとっくに寝ている時間なのだが、どうにも彼からの連絡が気になって眠れなかったのだ。

(慧に聞きたいことがあったのにな……)

綾乃はスマホを持ったままベッドにダイブした。

スマホをチェックしてみるが、彼からの連絡はやっぱりまだない。

綾乃の『慧に聞きたいこと』というのは、当然彼自身のことである。

情報漏洩《ろうえい》をしたと疑われているのは本当か。本当なら、どうしてそんな事態になっているのか。どうしてそのことを自分に相談してくれなかったのか。自分に何か言えないことがあるのではないか。

聞きたい質問をあげればきりがない。

『俺とデートしてくれたら、執事くんのこと教えてあげるって言ってるの』

隼人の甘言が耳の奥で蘇る。

脳を回る甘い毒のような誘惑に、綾乃は首を振った。

慧のことなのだから彼に直接教えてもらうのが筋というものだ。それに、一度自分を騙した隼人のことを信じる気になれないというのもある。

（でも……）

焦りが募るのも本当だった。

自分の知らない慧がいるんじゃないのか。慧はもしかしてずっと自分のことを騙していたのではないだろうか。慧は何者なのか。

どうして、なんで。

（このまま、いなくなったりはしないわよね……）

正直、一番怖いのはそれだった。

このまま夜霧のように跡形もなく、彼が消えてしまうような気がして、それが怖かった。

「慧……」

そう呟いた時、スマホが鳴り響く。油断していた綾乃は、スマホを落としそうになった後、慌ててその電話をとった。

『夜分遅くにすみません。もう寝ていましたか？』

電話越しに聞こえてきたのは、いつもの彼の声だった。

優しくて、誠実で、温かみのある、一番安心する声。

綾乃はほっと胸を撫で下ろすと、「私は大丈夫。起きてたわ」と冷静を繕って返事をした。

『綾乃様、すみません。そちらを空けることになってしまって……』

「そんなことといいのよ！　私だって大人なんだから、自分のことは自分でできるわ！」

『そうですよね』

「えっと、慧の方は大丈夫？」

どうやって切り出すのが正解なのかわからなくて、やっとの思いでそれだけ聞いた。

『こちらは問題ありません。ちょっとバタバタしていますが、友人も無事でしたし……』

「えっと、お友達が事故を起こしたんだっけ？」

『はい。現在は病院ですが、命に別状はないようです。本当に安心しました』

さらりとよどみなくそう言ってのけて、ちょっと胸がざわついた。

彼の言っていることは本当なのだろうか。もし隼人の言っている方が正解なら、彼は

「慧。あのね、……変なこと聞いてもいい？」

『変なこと？』

「慧のお友達って、本当に事故を起こしたの？」

瞬間、わずかに間があった。しかしそれも、あっという間になかったことのような雰囲気にされてしまう。

『そうですよ。何を疑ってらっしゃるんですか？』

「えっとね、今日実は彼がきて……」

『彼？』

「宝船隼人」

今度は確実に息を呑む気配が伝わってきて、綾乃は少しだけ早口になった。

「今日ね、あの人が会社の前で待っていてね。変なこと言うのよ。あ、貴方が内部の情報を流したって疑われてるって」

『……』

「だ、大丈夫よ！　私、慧がそんなことするはずないってわかってるから！　ただね。もしかしたら本当に、お爺さまには色々と相談されてたのかもしれない、って思っちゃって……」

しどろもどろになりながら、綾乃はそう説明をする。

「ねぇ。慧は私に隠し事はしてない？　嘘とかついてたりする？　私ね、慧とちゃんと――」

『あとで、ちゃんと説明します』

「慧！」

『すみません。もう二、三日は戻れませんので、戸締まり忘れずに。食事もきちんととってくださいね』

「慧ってば！」

そのまま電話は切られ、もう二度と繋がることはなかったのだった。

◆◇◆

それから数日後、日曜日。

「待ってたよ、綾乃チャン！」

「……どうも」

綾乃は両手を広げる隼人に、そう冷めたように返事をした。

場所はいつかのデートで慧と待ち合わせをした駅前。

彼女の後ろには、愛海とその彼氏である湊の姿があった。

そう、綾乃は慧の情報を得るため、隼人とデートをすることにしたのだ。しかし、二人っきりはさすがに怖いということで、愛海に声をかけダブルデートにしてもらったのである。

愛海は最初ダブルデートの話を聞いた時、『私は別にいいけど、慧さんはいいの？』と首を捻っていたが、『どうしてもデートしてほしいと言われて困っていて、一回だけならってOKしちゃったんだ。怖いからついてきてほしいんだけど』という嘘ではないが本当でもないことを言うと『そうなのね』と納得してくれた。

これで隼人が何か良からぬことを考えていても、うまくことは運ばないだろう。

（本当はこんなことしたくなかったけど。本当に慧が疑われているなら、私がなんとかできるかもしれないし……）

鳳条家の跡取り娘といっても綾乃に何か力があるわけではない。だから何ができるというわけでもないが、孫に甘い清太郎に頭を下げることぐらいはできる。慧が何か粗相をしたとは思わないが、何か疑われているのなら、身に覚えのない罪で罰せられそうになっているのなら、「ちょっと待ってほしい」と懇願することぐらいはいくらでもできる。

しかし、そのためには情報が足りない。蚊帳の外にいるだけでは何もできないのだ。

（慧には電話が通じないし、お爺さまも今は忙しいみたいで摑まらないし……）

ということで、苦渋の決断だったのだ。

「でもよく考えたよね、ダブルデートって」

いちゃつく愛海と湊の隣で、隼人は綾乃にそう声を潜ませた。

綾乃はそんな彼をきっと睨みつける。

「貴方のことを信用したわけじゃありませんから」

「そうだよねぇ。でもいいよ。どちらにせよ、今日は俺たちの初デートってことだもんね？」

そう言って腰に手を回されそうになるが、綾乃はすかさず伸びてきた手を弾いた。そして、愛海と湊には聞こえないぐらいの怒声で凄《すご》む。

「ところで、本当に慧のこと教えてくれるの？」

「教える教える！　でも、それはデートの最後にね！」

隼人は「指切りしとく？」と小指を差し出すが、綾乃はそれを無視した。

彼のこういう戯れあいにいちいち付き合う義理はない。

彼は誰とも繋がれなかった小指を特に残念がる様子もなく、楽しそうな会話をする二人に声をかける。

「今からどこいく？　二人とも行きたいところとかあるの？」

すると、何も知らない湊が笑顔で隼人にスマホを差し出してきた。

綾乃もそれを覗き込む。すると表示されていたのは映画館のホームページだった。

「実は俺、観たい映画があるんですよ。よかったら、行きませんか？　上映時間も調べてきたし、今から映画館に向かえばちょうどいい時間になると思うので！」

「いいねぇ、映画館も近くだし！　それじゃ、今日は映画にしようか。その後は近くに水族館があるから、そこでも回ろうか！」

「わぁ、いいっすねぇ！」

そんな男二人の会話で、あっという間に本日のデート内容は決まったのだった。

「映画、面白かったねー！　いやぁ、ああいうの久々に見たわ」

それから二時間後、水族館の入り口に並びながら、隼人はそう興奮したように声をあげた。

それに応えるように湊も「まさかあんなところで敵が蘇ってくるとは思いませんでしたよね！」と笑顔で応じ、愛海も「ああいうのあんまり観ないけど、湊くんと一緒だったから楽しかった」なんて、湊の腕に抱きつきながら付き合いたてのカップル丸出しの会話をしている。そんな中、綾乃だけが三人に取り残される感じで、一歩遅れてついていっていた。

なんだかダブルデートというよりは、三人の仲のいい友達と、空気が読めずについてきた知人の一人といった感じである。

そうなっていること自体は別に辛くはないのだが、周りの視線のことを考えるとちょっと憂鬱になってしまうのは確かだった。

四人で見たのは、洋画のアクション映画だった。さすがハリウッド！　という予算のかけ方をした迫力満点のスパイ映画で、終始ハラハラしっぱなし、最後にはどんでん返しからの御涙《おなみだ》頂戴シーンもあったりして、とてもいい映画だった。

なので、内容自体はとても楽しめたのだが……

（慧と一緒に観に行きたかったな……）

そう思ってしまうのは、慧がアクション映画が好きだと聞いていたからだった。

前に彼に聞いた好みの映画とぴったりと当てはまるそれを観ながら、綾乃は頭の片隅で彼のことばかり考えていた。

「ねぇねぇ、綾乃チャン。……はいこれ」

「え？」

隼人がそう言って差し出してきたのは、小さなペンギンのぬいぐるみだった。てっぺんにはボールチェーンがついていて、カバンにつけられるようになっている。

「これ……」

「入場者プレゼントだって。カップル限定の！　イルカとペンギンで選べたんだけど、綾乃チャン上の空だったたから俺が勝手に決めちゃった」

「あ、りがとう……？」

カップル限定というのは気に入らないが、うるうるとしたペンギンの瞳にぎゅと心臓が掴まれる。

「ペンギンでよかった？」

「……そうね」

イルカかペンギンかの二択ならばペンギン一択だ。

綾乃の表情の変化に気がついたのだろう、隼人は指を鳴らした。

「だと思ったんだよねー。綾乃チャンて、かっこよさを感じられる動物よりも、こう、可愛くて守ってあげたくなる動物の方が好きだよね！」

「貴方なんかに何が――」

「だって、ストラップとか小物とか可愛いのばっかりじゃん！　ハンカチに刺繍《ししゅう》してあったのも、子供のライオンでしょ？　この前生まれたってニュースでやってたもんね？　動物園で買ったんだ？」

目ざとい隼人に思わずカバンを隠すと、「大丈夫！　別に覗いたわけじゃないし、探ったわけじゃないから！」と明るい声を出す。

「ってことで、ペンギン館行く？」

「……いく」

綾乃が負けたようにそれだけ答えると、隼人は歯を見せてニカッと笑うのだった。

水族館は思ったより面白かった。

隼人と一緒だから最初は楽しむ予定はなかったのだが、幻想的な海月《くらげ》たちの回遊に、色とりどりの熱帯魚の群れ、ちょこちょこと歩くカワウソに、器用なアシカたちのショー、ちょっと気持ちが悪いダイオウグソクムシには悲鳴をあげて、クエの大きさにはちょっと引いてしまった。

　そして、メインであろう壁一面の大きな水槽の前にやってくる頃には、綾乃も随分と機嫌を取り戻していた。隼人と一緒に水族館にいることはやっぱりまだ納得していないが、それでも水族館に罪はない。楽しまない理由にはならない。

　綾乃は水槽の前に呆然と立ち尽くしながら「わぁ……」と感嘆の声を漏らした。

　綺麗だし、神秘的だ。まるで自分が海の中にいるような感覚が胸の中を占拠して、同時にこんな水と命の塊を入れている箱に少し恐怖を覚えてしまう。目の前のアクリルガラスが割れてしまったら……という想像は誰でも一度はしたことがあるだろう。

（それにしても、ここってカップルが多いなぁ……）

　薄暗い空間に、穏やかな音楽。目の前を悠々と泳ぐ魚たち。

　ちょっと大人な雰囲気に流されてだろうか、大水槽の前には大勢のカップルがいた。先ほどまでは子供連れや友人同士もたくさんいたのに、まるでここの空間だけそういう人たち専用のフロアかのようにカップルしかいない。いや、正確には小さな子供もいるにはいるのだが、先ほどまでよりは幾分か数が少ない気がする。

（ま、ここがいい雰囲気だってのは認めるけどね）

　愛海と湊もここについた瞬間から雰囲気に飲まれるように、二人の世界を作っていた。くっついていた身体をさらにくっつけて、二人にしかわからない空気を纏わせている。それは綾乃が安易に声をかけられないほどで――

「って、あれ？」

綾乃はあたりを見渡した。おかしい。愛海と湊がいない。

柱の後ろや壁の窪《くぼ》みなど死角を覗いてみるが、一向に見つからない。

（もしかして、お手洗い？　でも、二人して行くってことはないだろうし……）

「誰探してるの？　もしかして、愛海チャンと湊？」

そんな声が背後からかかり、振り返る。すると、そこには隼人がいた。

綾乃は思った以上に近くにいた彼からすかさず距離をとる。

「もしかして、二人に何かしたの？」

「何かするわけないでしょ。綾乃チャンって俺のことなんだと思ってるの？」

いつものように陽気に笑いながら、彼は「冗談きついなぁ」とこぼした。

「ただちょっと頼み事したんだ」

「頼み事？」

「湊の方にね。綾乃チャンと二人っきりにさせてほしいって」

そう言った彼の目の奥は、笑っていない。

綾乃は警戒の色をはっきりとさせた。

「何を企《たくら》んでるの？」

「まぁまぁ、そんなに怒らないでよ。綾乃チャンだって、彼らがいない方が家のこと話しやすいでしょ？」

「……家のことって？」

「ねぇ、綾乃チャン。俺を本物の恋人にする気ない？」

何度目なのかわからない、けれど今言われるとは全く想像だにしていなかった言葉に、口がポカンと自然に開いた。隼人が何を言っているのか本当に理解できない。

彼は呆然とする綾乃に、さらに言葉を重ねる。

「綾乃チャンの見た目とか。その強気な性格とか。俺、気に入っちゃったんだよね」

「嘘ね」

「ほんとほんと！　そりゃぁ、別の下心がないと言ったら嘘になるけど、それでも本当に綾乃チャンのこと気に入ってるんだよ。この気持ちはきっとラブになると思うんだ」

「私は貴方のこと好きじゃないわ。好きになることもない」

綾乃ははっきりとそう断ったが、彼の表情が変わることはなかった。むしろ、先ほどよりも笑みを強めてきている。きっとこれぐらいの答えは想像済みなのだろう。

「でも、俺は綾乃チャンを振り向かせる自信があるよ？」

「馬鹿なこと言わないで」

「それにさ、考えてもみてよ。ＳＡＲＴＯのトップと鳳条家のご令嬢の結婚だなんて、一大ニュースだよ？　競合他社は日和《ひよ》っちゃうだろうし、『呉服おおとり』だってこれまで以上に大きくなる。俺たちが結婚したら、こっちの業界では負け知らずになると思うんだけど。やっぱり、それでも断っちゃうのかな。鳳条家のご令嬢さんは」

企業の利益、家の利益を考えたら、受けるのが当然だろう。

そう暗に言われ、綾乃は隼人を睨みつけた。

確かに、鳳条家の令嬢ならばこの提案は受けるべきだろう。少なくとも『悪くはない案』として候補には入れておくべきだ。まだ誰とも婚約をしていない、恋人もいない身ならば当然である。しかし――

「お断りします」

綾乃はやっぱりはっきりと断った。その目には一切の迷いがない。

隼人は意外だというふうに両眉を上げた後、首を傾げた。

「そんなに俺のことが嫌い？　家の利益とかどうでも良くなっちゃうほど？　綾乃チャン、結構聞き分けがいい子だから、家のためって話なら簡単に頷いてくれると思ったんだけどなぁ。……そこはちょっと期待はずれだね」

「貴方のことは確かに嫌いですが。それは別として、誰かを率先して騙そうとする人間を私は家族に迎えるわけにはいきません」

いつもと打って変わったような凛《りん》とした声に、隼人は目を見張る。

綾乃は表情を動かすことなく淡々と、彼に言葉を重ねる。

「仕事とはどこまで突き詰めても人と人。信頼関係で成り立っているものだと思っています。これは我が当主からの教えで、当主も同じ考えだと思っています。だからこそ、己の利益のためならば身内だろうがなんだろうが後ろから刺してきそうな貴方を、私たちの家族にするわけにはいきません。貴方との結婚は、もしかすると我が家の利益になるかもしれません。しかし、貴方がもたらすリスクと利益を天秤《てんびん》にかけた場合、利益がリスクを上回ることは決してないでしょう」

それはどこまでも鳳条家の令嬢としての顔だった。

「ですから、お断りします。諦めてください」

隼人はしばらく呆然と綾乃の顔を見つめていたが、やがて本当に嬉しそうな表情になり、口元に手を当てた。

「いいね、そういう凜としたところ。ますます好きになっちゃった」

いつまでも諦めてくれない彼に、綾乃がため息をこぼした時だ。

急に彼の腕が伸びてきて、綾乃の手首をとった。そして、瞬く間に引き寄せられる。腰に手が回って、顔が近づき、唇が——

「や、やだ！」

「なんだ防がれちゃったか。残念」

綾乃は咄嗟に隼人の口を押さえる形でキスを防いでいた。

腰はいまだに引き寄せられているし、身体はのけぞっていてまるでスケート選手の技のようだが、キスはされなかった。セーフだ。

綾乃は口を押さえていた手を彼の胸に移動させて、さらに力を込めた。しかし、隼人はもう本当にちっとも動かない。

綾乃は彼にしか聞こえない声で、怒声を飛ばす。

「離れて！」

「えー、嫌だって言ったら？」

「大声で叫ぶ！」

「そしたら、綾乃チャンだって困るんじゃない？」

「困るかもしれないけど、貴方にキスされる方が私にとっては困る事態よ！」

「綾乃チャンってば、つれないなぁ」

そう言いながら、腰を引き寄せる隼人の手が力を増した。

綾乃が押さえておけるのにも限界が生じ、二人の距離はどんどん狭まる。

（も、だめ――）

そう思ったその時、綾乃の腰を引き寄せていた隼人の手が離れ、代わりに何者かの腕が後ろから腰に回った。そうして、隼人とは反対側に引き寄せられる。

背中に当たる温かな感触。それが人の身体だということに遅れて気がついて、綾乃は自分を後ろから抱きしめている人間を慌てて確かめた。

「え？　慧……」

慧は一度だけ綾乃を見下ろし、少し安心したように息を吐いた。

そして、そのまま何も言うことなく、正面の隼人を睨みつける。

「あーぁ、もうタイムリミットか。ま、いっか。一番の目的は達成できたわけだし！」

「宝船……」

「君がここにいるってことは、ゲロっちゃったわけだ、あの運転手」

どこまでも楽しそうに隼人はそう言う。

綾乃が「運転手？」と首を傾げると、彼は楽しそうに肩を揺らした。

「そう。どうせバレただろうから今ここで言っちゃうけど。実は俺、君のところの運転手を買収してたんだよね」

「……どういうこと？」

「だから、清太郎さんのところの運転手を買収してICレコーダーを持たせてたんだよ。清太郎さんが大事な決定を車の中でするのは有名な話だからね」

その話は綾乃も清太郎に聞いたことがあった。

どこかの部屋で話し合いをすれば、前もって盗聴器を仕掛けられるかもしれない。本家でしても、それは同様だ。だから、信用した人間しか乗らない動く車の中で、話し合いをするのが一番確実だと清太郎は言っていた。そうすれば、いくら盗聴器が仕掛けられていてもずっと電波の範囲内にいることは不可能だし、話を聞く人間も限られるからどこで情報が漏れたのかすぐにわかる……と。

「でも待って！　お爺さまの運転手って柊《ひいらぎ》さんでしょう？　彼、長年お爺さまの運転手をやってきて、お爺さまのお気に入りなのに……」

「人は誰しも知られたくないこととか、後ろめたいこととかあるもんだよ？　綾乃チャン」

隼人の言葉の端々に、黒いものが見え隠れする。

きっと彼は、柊の弱みを握ってICレコーダーを持たせたに違いない。綾乃も柊と会ったことがあるが、彼はとても人を裏切るような人間には見えなかったからだ。

綾乃は先ほどまでの話を反芻《はんすう》させて、ハッと顔を跳ね上げた。

「というか、まさか貴方！」

「そう、ご名答！　買収の話を流したのは俺だよ。ちなみに、ICレコーダーを回収したのは、綾乃チャンと一緒に料亭に行った日。音声データなんてメールでやりとりすればいいと思ったけど、ほら、できるだけ証拠は残したくないじゃない？　郵送も他の人に見られるかもしれないから、避けたかったし」

「貴方……」

「でも、執事くんが疑われたのは予想外だったよね。あの時、車に一緒に乗って意見求められてたのって執事くんだったんだねー」

つまり、彼のせいで慧は疑われていたということだ。綾乃は怒りで身体を震わせながら、目の前の男を睨みつける。

隼人はそんな視線をもろともせずに、慧に向かって両手を広げてみせた。

「で、どうするの？　俺のこと捕まえてみたりもする？」

「……」

「できないよねー。その運転手の男の証言以外、何も証拠がないもんね？」

慧の無言が隼人の言っていることの正しさを物語っていた。

隼人は肩をすくませながら、勝ち誇った顔で二人の横を通る。

「悲しいけど、もうデートは終了かな。あの友達二人にはうまく言っておいて。用事ができて帰った、とかさ」

しばらく歩いたのち、隼人は「あぁ、そうそう」と二人を振り返った。

そして、爆弾を落とす。

「そういえば約束してたよね。執事くんのこと教えるって」

隼人の長い人差し指が、慧を捉える。瞬間、隣にいる慧がわずかにたじろいだ。

「彼の本当の名前は、皇慧。君の祖父と仲のいい皇グループの御曹司だよ」

「え？」

「まだお父さんが健在だからね。あんまり前に出てこないけど、間違いない。俺、そういうところのリサーチは欠かさないんだ。……知ってるでしょ？」

慧がグッと歯を噛《か》み締《し》めるそのわずかな音だけが聞こえた気がした。

そして、隼人はそんな慧にとどめをさすように、さらにこう口にする。

「ついでに言うと、彼は君の婚約者だ」

「うそ……」

「あぁでも、まだ正式に婚約しているわけじゃないから、婚約者候補って言った方がいいのかな？　とにかく彼が君のおじいさんが決めた婚約者候補だよ？」

綾乃が信じられない面持ちで慧を見つめる。やっぱり慧は下唇を噛み締めたまま何も答えなかった。

「綾乃チャンは、俺が君を騙したことをずっと怒っていたけれど。その男は、三年もの間、君のことをずっと騙してたんだよ。……それでもまだ、彼のこと信じられるの？」

その言葉はまるで毒のように、二人の関係に回っていった。

第四章

「慧、私のことを騙してたの?」

家に帰って、綾乃が最初に放った言葉がそれだった。

情けないことに、その言葉を紡いだ声は震えていて、我慢しようと思っていても、いつもと同じような声を出そうと思っていても、まるで泣く前のようなか細い声が口から漏れてしまう。

だって信じられなかったのだ、慧が婚約者候補だったなんて。皇家の御曹司だったなんて。三年間もの間、自分のことを騙していただなんて。

慧はその声に答えることなく、じっと綾乃に背を向けていた。振り返ることも、言い訳をすることもない彼の態度に、綾乃は先ほどの隼人の発言が本当だと知る。

綾乃は家のリビングで、背を向ける彼にさらに言葉を投げかける。

「三年間、ずっと騙してたの?」

「……」

「そばにいてくれた時間も嘘？」

「……」

「……ねぇ、何か言ってよ」

その懇願でようやっと、慧が振り返る。そして、淡々と色のない声でこう言った。

「そうですね。……騙してました」

瞬間、顔にかっと熱が集まる。鼻がツンと痛くなり、唇がわなわなと震えた。

下唇を噛んで涙を抑えこめば、唇からじわりと鉄の味がしてくる。

「否定しないの？」

「事実ですから」

彼の声からは感情が読み取れなかった。綾乃はそれを一瞬だけ『感情を押し殺している』と判断しかけて……やめた。だってそれは、あまりにも自分に都合が良い表現だったからだ。これはきっと違う。これはもうどうでもよくなっている人間の表情だ。やけっぱちとまではいかないが、感情的には「あーぁ」という落胆に近いものである。綾乃はそう判断し直した。

（だって――）

今まで綾乃に近づいてきた家目当ての人間は、正体がバレると決まって同じような顔をしたのだ。手のひらをひっくり返して、今まで優しかった分だけ、その裏側を見せてくる。

綾乃に対する本当の気持ちを、最後だからと伝えてくるのだ。

『バレたのはアレだったけど、お前みたいな高飛車な女なんてこっちから願い下げだわ』

『もうどうでもいいや。こんな面白くない女』

『いやぁ、ちょろい子だと思ったのになぁ』

そんなことばかり言われてきた人生だった。だから、慧だけが特別と言うことはないだろう。彼だって似たようなことを思っているに違いない。つまりこの、温度のない冷たい態度が慧の本当の気持ちで、綾乃に見せていない裏側だったのだ。

「慧は、私が自分の婚約者候補だって知っていたのよね？」

「はい」

「だから、一緒に住んでいたの？　執事の真似事《まねごと》をして？」

「ええ」

「この作戦を考えたのはお爺さま……よね」

「そう、ですね」

淡々と。淡々と。淡々と。

楽しかった思い出を傷つけるように、彼はただただ頷くだけ。

綾乃にとっての楽しかった思い出が、自分にとってはつまらなかったとでもいうように。

綾乃にとっての幸せな時間が、自分にとってはまるで苦痛だったというように。

綾乃がしていた信頼が、まるで重たかったというように。

淡々と。

「慧にとって私は――」

どうでもいい人間だったのね。

そう発せられるはずだった言葉は最終的に音にならなかった。それより前に嗚咽《おえつ》が唇から漏れたからだ。もう下唇をいくら噛もうが堪えられない。

溢れた感情が瞳からこぼれ落ちる。それは頬を伝い、輪郭から地面に、ぼた、という重たい音を立てて絨毯《じゅうたん》にシミを作った。

綾乃は顔を覆う。泣いている顔なんて見られたくなかったからだ。

「――ぅ」

堪えきれなかった唇から生まれて、堰《せき》を切ったように感情が次々と瞳から溢《あふ》れ出《で》てくる。

こんなに大きな嘘をつかれているのに、不思議と裏切られたとは感じなかった。ただただ虚しくて、自分の中の大切だと思っていた記憶に少しずつヒビが入っていく感覚だけが胸を占拠する。

仕事でヘマをして落ち込んでいた綾乃を慰めてくれた慧も、本当はいない。

誕生日に「手作りケーキが食べてみたいの！」と無理難題を言った綾乃に対して、文句を言いながらも完璧なバースデーケーキを作ってくれた慧も、本当はいない。

プレゼントにあげた手作りのキーケースを未だ大切に使ってくれている慧も、本当はいない。

それどころか、毎晩寝る前に額にキスをしてくれた慧もいないし、どんなに喧嘩した日だって翌日には「おはようございます」と笑顔で挨拶してくれた慧ももういないのだ。

「けい、の、ばか――」

泣いたら必ず抱きしめて「大丈夫ですよ」と頭を撫でてくれた慧も、もういない。

「……目が腫れてしまいますよ？」

そう言って目も合わさないままハンカチを差し出してくる慧が本当の慧なのだろう。

その事実を受け入れることができなくて、綾乃はハンカチを手に取ることなく、また小さく嗚咽を漏らすのだった。

◆◇◆

「ついでに言うと、彼は君の婚約者だ」

隼人がそう言った瞬間、慧は終わったと思った。

自分が綾乃に順序立てて言おうと思っていたことをこうもあっさりと、事もなげに言ってのける彼に、腹立たしさと共に絶望を感じる。

思わぬ形で真実を告げられた彼女は、瞳を揺らしながら信じられないと言った面持ちでこちらを見つめていた。その瞳を見ているのが辛くてわざと顔を逸《そ》らすと、彼女の身体はわずかに硬くなった。

『騙されていた』

きっとそう思ったのだろう。

「帰ろう」

隼人が帰った後、それだけ言うのが精一杯だった。

水族館から帰った後、当然のことながら綾乃から説明を求められた。しかし、結局は彼女の質問に淡々と、感情なく返すのが精一杯で、碌な返答もできなかった。

だって仕方がないだろう。何もかも隼人の言う通りだったのだから。言葉を選んでいないだけで、オブラートに包んでいないだけで、自分が綾乃を騙していたことは変えようもない真実で、事実だった。

泣き出してしまった綾乃をみた時は、瞬間的に抱きしめてしまいそうになったが、どの顔下げて彼女の背中に腕を回せばいいのかわからなくて、結局はハンカチしか差し出せなかった。それも受け取ってもらえなかったけれど……

「はぁ」

慧は自室でそうため息を漏らす。

帰ってきた時はまだ夕方だったのに、もう日は落ちて空には星が瞬いている。

「嫌われただろうな……」

今まではそれなりに信頼を勝ち得ていたはずだ。自分の隣は彼女の安心できる場所たりえていたと思うし、自分のものと同じかはわからないが好意だって寄せてくれていたと思う。しかし、もうそれも水の泡だ。

明日にはもう、あの愛らしい声で自分の名前を呼んではくれなくなるだろう。安心しきった純粋な瞳を向けてくれることもなくなる。

そう思うと、どうしようもないやるせなさが募った。

（早く言っていたら、何かが変わっていたのだろうか……）

そう思ったが、きっと嫌われるのが早まっただけだろうとため息をついた。何もしなくても彼女の誕生日には全てが詳《つまび》らかになって、今と同じ状態に陥っていたはずだ。だからきっとこれでよかったのだ。

騙し討ちのように婚約者にならなくて。

彼女が自分のことを断るだけの猶予ができて。

（あと足りないのは、俺の心持ちだけだな）

断られる時に、ショックを受けないように。

ショックを受けても表に出さないように。

自分の心だけはきちんと立たせておかなければならない。

慧はベッドに仰向《あおむ》けに寝転がる。

もう疲れた。シャワーを浴びるのも億劫《おっくう》だ。

『そうね、「鳳条家の令嬢」としての私じゃなくて、私自身を見てくれる人がいいわ。あと、嘘をつかない人。家しか見ていない人は、大体私に嘘をつくもの』

きっとそれは自分ではないのだろうな、そう思うと同時に慧は瞳を閉じた。

◆◇◆

慧がいなくなった。

といっても、突然いなくなったわけではなく、きちんと挨拶をして彼は家から出ていった。実は元々『正体がバレたら出ていく』という約束だったらしい。綾乃としてもどういう顔で毎日顔を合わせればいいのかわからなかったので、彼が出ていったことには少しだけホッとしてしまった。

だけど……

（慧、元気かな……）

思い出すのは、彼のことばかりだ。

彼が家から出ていって、まだ三日も経っていない。水族館に行く前と合わせても、慧と離れて生活したのは一週間ぐらいなものだ。

綾乃は、慧と最後に話した日のことを思い出す。水族館から帰ってきた日だ。あの日は夜遅くまで綾乃の質問に慧が答える形で彼の話を聞いていた。

あの日、彼は自分の疑いが晴れて、久しぶりに家に帰ってきたそうだ。なのにいるはずの綾乃はおらず家はもぬけの殻。友人と遊びに出かけたのかとも思ったのだが、どうにも胸騒ぎがしてしまい、ＧＰＳを確かめたところ綾乃が水族館にいるところを確認。慌てて追いかけたのだそうだ。そこで隼人に迫られる綾乃を見つけ、助けたのだという。

『キスをされてるのかと思った』

そういう彼がちょっと怒っているように見えたのは、綾乃がそう見たいと思っていたからだろう。

それから彼は淡々と、どうして自分がこんな形でこの家に住むことになったのかを教えてくれた。本当に淡々と、感情を出すことなく、彼は事実だけ並べていく。

話を聞いていて思ったのが『全部、お爺さまのせいじゃない！』ということと、『彼に迷惑をかけたな……』という二点だった。

聞けば聞くほど、彼は清太郎のわがままに巻き込まれただけだ。いきなり婚約を提案されて、進めるという話になったら『執事として生活してくれ』と家に放り込まれただけ。それでもこんなままごとみたいな生活に彼が付き合ってくれていたのは、綾乃が鳳条家の娘だからだろう。

『なんでもっと早く言ってくれなかったの？』

やっとのことで絞り出したその問いに、彼は『すみません』と返しただけだった。謝ってほしいわけじゃないのに、その言葉しか出てこないと言うことは、やっぱり、まぁそういうことなのだろう。

（つまり慧は、私のことなんかこれっぽっちも好きじゃなかったってことなのよね……）

彼が綾乃と一緒にいたのは、結婚する相手に彼女がふさわしいかどうか見極めるため。好きとか嫌いとかそういう感情はそこにはなくて、ただただ打算的な損得勘定があっただけなのだろう。

（おかしいと思ったのよね。急に好きだなんて言い出すから）

話を聞いた時よりはまだ冷静な頭でそう考える。

今までそんな素振りがなかったのに、隼人が出てきて急に慧はそんなことをいうようになった。大方、三年間もこんなわがまま娘に付き合ったのに、横から出てきた男に掻っ攫われるのが嫌だったとか、そういう話だろう。

それでも、感情的には違うけれど、彼がわずかなりにも独占欲らしきものを自分に抱いてくれていたのが嬉しかった。でも同時に、自分には『鳳条家のお嬢様』以上の価値が彼にないのだと気がついて、胸が痛くなる。

(慧、どうしているかしら……)

三年ぶりに気の強いお嬢様から解放されて、のびのびとしているだろうか。

それとも、少しぐらいは今までの生活を懐かしんでくれているだろうか。

もしくは、この三年間で少しは、ついていた嘘の十分の一ぐらいは、綾乃のことを本当に好きになって、ちょっと惜しいことをしたと悔やんでくれているだろうか。


それは、ありえないか。そうか。


「はぁ……」

綾乃は深いため息をついた。

このまま自分たちはどうなるのだろう。婚約者候補的なポジションに慧はまだいるのだろうけど、彼は綾乃と結婚するつもりがまだあるのだろうか。それとも綾乃が知らないだけで、慧はもう清太郎に断りを入れているのだろうか。

仕事のパソコンに向かいながら綾乃がそんなことを考えていると、誰かが肩を軽く叩いた。顔を向けると、愛海が先ほどお願いした書類をまとめてくれたところで、彼女はそれを綾乃の机に置きながら「もうお昼だけど」と声をかけてくれる。

時計を見れば、本当に昼休憩だった。というか、もう十分ほど過ぎてしまっていた。

綾乃はきりがいいところまで仕事を仕上げると、立ち上がる。そんな彼女に愛海は声を潜めた。

「本当にごめんね？　まだ怒ってる？」

「怒ってるって？」

「水族館のこと」

そこまで言われ、綾乃は「あぁ」と頷いた。

愛海は湊と一緒にあの場を離れたことを後悔していた。正確には愛海はトイレに行っただけで湊はそれについていっただけ。二人でトイレ近くの廊下で話していたところ、例の事件が起こったそうなのだ。

綾乃に隼人が無理やり迫ったという事実に、湊は顔を青くさせ、そこで隼人に「二人っきりにさせてほしい」と頼まれたことを暴露したのだ。これに愛海は激怒。「そんなことするなんて信じられない！」と喧嘩してしまったのだ。

謝ってくる愛海に綾乃は眉尻を下げた。

「うんん、大丈夫！　私こそ二人が喧嘩するきっかけをつくっちゃってごめんね？」

「いいのよ！　あんな男だなんて思わなかったからちょうどいいの！」

そう言いながらも、彼女の声の端々からは未練が見え隠れする。

綾乃は愛海を気遣うような笑みを浮かべた。

「湊さんは私と隼人さんのことを何も知らなかったんだから、しょうがないよ。だから、早く仲直りして？　私もこのままじゃ寝覚めが悪いからさ」

「綾乃って、本当に人のことばかりよね」

「そうかな？」

「そうよ。……そっちはどうするの？　慧さんのこと」

その言葉に綾乃は困ったように眉尻を下げる。

愛海には、慧が実は自分のことが好きじゃなかったかもしれない……ということだけ話していた。きっと彼女は慧と喧嘩したぐらいに思っているだろうが、事態はそう簡単ではない。

「わかんない。私、どうしたらいいのかな……」

「どうしたらって、綾乃にとって慧さんってどんな人なのよ？」

「どんな？」

「そう。相手の気持ちじゃなくて、自分の気持ち」

綾乃は少し考えたのち、首を振った。

「……わからない」

「わからないってねぇ」

「だけど、大切な人よ？」

綾乃は交友関係が決して広いわけじゃない。実家が少々ではない金持ちだからかもしれないが、いっぱい騙されてきたし、いろんな人から媚《こ》び諂《へつら》われてきた。心無い陰口を叩かれることもあったし、それまで仲良くしてきた人の態度が変わる瞬間だって、何度だって見てきた。

だからかもしれないが、慧に会う直前まで綾乃はちょっと対人恐怖症気味だったのだ。

『私のことはいくら疑っても結構ですよ。貴女が納得できた時のみ、私のことを信用してくだされば』

あったばかりの時、彼はそう言って綾乃の枷《かせ》を少しだけ軽くしてくれた。

彼と付き合うようになってから、もう一度人のことを信用することができた。

だからダメな男にも色々と引っかかりそうになったのだが、それはそれでいい思い出だ。

「慧は、ずっと一緒にいてくれると思ってたの……」

「ずっと？」

「うん。ずっと……」

そんなこと絶対にありえないとはわかってはいるが、おばあちゃんになった自分の未来予想図には、必ず隣に慧がいた。

ずっとずっと一緒にいると思っていたのだ。それこそ、いつまでも離れることなく、仲《なか》睦《むつ》まじい夫婦のように……

「それなら、もう答えは出てるんじゃない」

「え？」

「もうとっくに好きなんじゃないって言ったのよ？　わかる？　綾乃は慧さんのことが好きなの！」

「私が、慧を、好き？」

驚きながら受け止めた言葉だったが、意外なほどにあっさりと、まるでその感情を前から知っていたかのように、ストンと腑《ふ》に落ちた。もやもやしていた名前のつけられない感情。あれは、もしかしてではなく、確実に、恋心だった。

「私って、慧が好きだったのね」

「今更、気がつくのね。私はとっくに気がついていたけれど……」

「そうなの？」

「だって綾乃、慧さんのことでしか悩まないじゃない。同じように迫られていても、隼人さんの方は全く悩まないしさ」

「そう、ね」

あの隼人と比べるのはどうかと思うのだが、例え隼人が綾乃のことをまったく騙していない、本当にただのＢＡＲのオーナーだとしても、きっと悩まなかっただろう。

「ということで、気持ちが決まったのなら、あとはやることは一つでしょ！」

バシン、と鼓舞するように背中を叩かれる。

いきなりの衝撃に綾乃が足元をふらつかせながら「なに？」と目を瞬かせると、彼女は口角を上げたまま人差し指を立てた。

「会いに行くのよ」

「あいに……？」

「そう、慧さんに会いに行くの。今日はその作戦会議よ！」

それは思ってもみない発想だった。

◆◇◆

『って、ことで！　明日の会議、綾乃がいなくてもなんとかなるように調整しておいたから！　午後からの仕事も全部私の方で巻き上げるし！』

『ってことで、行っておいで！　慧さん、綾乃ならどこにいるか知ってるんでしょう？』

そんな愛海の励ましを受けた翌日。

珍しく半休をとった綾乃は、とあるビルの下にいた。そのビルは慧が社長を務めるデジタルコンテンツの制作会社だ。最近ではソーシャルネットワークの分野にも手を広げ始め、デジタルコンテンツとソーシャルメディアの融合を目標に事業を拡大しているらしい。いずれは皇グループの傘下に入れるとか入れないとかという話が出ているが、今はまだ噂程度だ。

綾乃はそのビルを見上げながら固唾を飲む。

「き、緊張するわね……」

聳《そび》え立《た》つ高いビルがまるで魔王城のようだ。そして、倒すべき……会うべき魔王はこのビルの最上階にいる。

(門前払いされたらどうしよう……)

今回、アポイントらしいアポイントは取っていないのだ。昨日行くことを伝えようとしたのだが、メッセージは既読になかなかならないし、電話にも出ない。

とうとう痺《しび》れを切らした綾乃は、留守電にこう言い残したのだ。

『話したいことがあるから、明日の一時にそっちの会社に行くわ！　逃げたりしたら承知しないいんだから！』

(というか。私、頭に血がのぼっていたとはいえ、かなり失礼な態度だったんじゃない？

慧、怒ってないかしら……）

　綾乃は顔を青くさせる。

『アポイントを取るというのに、なんですかその言葉遣いは！　鳳条家の令嬢ともあろう方がなさる言葉遣いじゃ……』

　脳内の慧がそう叱ってきて、辟易すると共に、薄い笑みが溢れた。そんなふうに慧が叱ってくれることがもう一度あるのだろうか。想像のようにかしこまっていなくていいし、普通に『ダメだろ』と諭してくれるだけでもいい。でももしかしたら、そんな日はもう一生やってこないのかもしれない。というか、その可能性の方が高いだろう。

「ま、まぁ！　追い返された時は追い返された時よね！」

　暗くなってきた自分の思考回路にそう喝を入れて、綾乃は会社に入った。受付にいた上品そうな女性が立ち上がり、綾乃を出迎える。

「何用でしょうか？」

「えっと、皇社長に会いたいのですが」

　緊張しながらそれだけいうと、彼女は何かを確認した後、「あぁ」と頷いた。

「お名前は？」

「鳳条綾乃です」

「お待ちしておりました。社長からお話は伺っております」

「へ?」

「私がご案内します。こちらへどうぞ?」

話を聞くと、彼女は本来慧の秘書をしているらしい。何人かいる秘書の中の一人で、綾乃が来るのをあそこで待っていたそうなのだ。どうやらアポイントはあれで取れていたらしい。

綾乃は女性についていく形でエレベーターに乗った。女性が一番上の階を押すと、籠はひとりでに上がっていく。綾乃は背中を向ける秘書の女性に声をかけた。

「あの、今いいですか?」

「なんでしょう?」

「け、皇社長は、私に怒っていましたか?」

「どうしてでしょうか?」

「えっと。結構乱暴にアポを取ってしまったので……」

本当はもっと怒っているだろう理由が頭には浮かぶのだが、綾乃はそれだけ答えた。

秘書は驚いたような顔になった後、しばらく黙った後に「いいえ」と首を振る。

「怒っているという感じではなかったと思います。ただ……」

「ただ?」

綾乃が聞き返すと彼女は首を傾げた。

「なんだか少し困っている感じでしたね」

「困ってる……」

「少し、落ち込んでいるというか……」

秘書はそれだけいうと、「すみません。でも大丈夫だと思いますよ？　今大きなプロジェクトを抱えているので、ちょっと色々気を揉んでいるというか。なので、鳳条様のことは関係ないと思います」とフォローを入れた。

（やっぱり来るの、迷惑なのかな）

秘書のフォローに笑顔を返しながら、綾乃は心の中でそんなふうに思った。

表面ではなんてことない笑顔を取り繕っているが、心の中の綾乃はもう結構ズタボロだ。今まで毎日のように会っていた人物に、好きだと気づいたばかりの人間に距離を置かれて、平気でいられるほど綾乃の心は鋼鉄でできていない。

綾乃がもんもんとしているうちに社長室の前に着いた。秘書が「それでは何かあればまた声をかけてください」とその場を離れる。それに多少の心細さを感じながらも、綾乃は勇気を振り絞って扉をノックした。

すると中から聞こえてきたのは「はい」という硬い声。

「失礼します」

そう言って、扉を開けると奥に慧がいた。

連絡をあらかじめ受けていたのだろう、彼は綾乃が入ってきてもさほど驚くようなことはしなかった。ただ少しだけ表情がこわばったのが、見て取れる。

彼は席を立ち、目の前のソファーを手のひらで指した。そして「どうぞ」と声をかけてくる。綾乃はそんな他人行儀な指示に少しだけ困ったような表情を浮かべた後、席に座った。その後、正面に慧が座る。

「えっと」

「このたびはすみませんでした」

何を話そうかと困っているうちに慧がそう言って頭を下げた。

びっくりして言葉を詰まらせている間に、彼は淡々と言葉を重ねる。

「今回はご足労いただいてありがとうございます。本当はこちらから伺うべきなのですが、どうにも用事が詰まっておりまして」

「は、はぁ」

事務的なやりとりに胸がザワザワした。なんと言うか、今までの彼ではないみたいだ。気さくな雑談も、気遣いもない。なんというか、決められたセリフだけを口にするロボットのようだった。

「今日は、婚約のことですよね」

「えっ?」

「婚約の方ですが、今日にでも俺の方から清太郎さんに断りを入れておきます」

瞬間、息が詰まった。しかし、そんな綾乃に目もくれず、慧は自身の握っている両手をみつめながら、さらにこう続ける。

「慰謝料の方が必要ならば言い値で。何か法的に訴えたいと言うなら――」

「ちょ、ちょっと待って！　なんで勝手に話を進めてるの？　私は、婚約のことだなんて一言も――」

その言葉に、慧は少しだけ驚いたような顔になる。

「違うんですか？　じゃぁ、なぜ――」

「ただ私は、慧ともう一度話し合いたくて――」

慧が自分のことを好きじゃないことはもう知っている。だけど、本当に可能性が少しもないのか。恋愛としての『好き』はなくても、家族のような『好き』は彼の中にあるのではないか。もしあるのならば、一緒にいて綾乃が彼を振り向かせることはできるのではないか。その辺りを話し合いたかった。

いいや、それよりなにより、綾乃は自分の中にあるこの気持ちを彼に伝えたかったのだ。伝えた上で、彼に『私のことを本当に好きになってくれないか』と問いたかったのだ。懇願したかったのだ。

それでももし可能性があるのならば、このままの形で関係を再構築したかった。

（でも、そっか……）

こんなにもあっさりと婚約をなしにしようとするのだ。きっと、彼にそこまでの気持ちはないのだろう。あの三年間の全ては企業努力のようなもので、そこには私的な彼の感情など一つも入ってなかったのだ。

好きだと言っていたのも、やっぱり清太郎の顔を立てるためか、家の方針のためとかで。別に綾乃自身を好きになっていたわけではないのだ。

心臓がぎゅっと縮こまる。虚しさが胸を占拠して、吐いた息が震えた。

もう本当に、自分はなんなんだろう。

そう思った瞬間、涙がポロリと転がり落ちた。

「綾乃？」

「――してやんないんだから」

「ん？」

「絶対に婚約破棄なんてしてやんないんだから！」

立ち上がり、そう叫ぶ。

首謀者は綾乃の祖父かもしれないが、綾乃自身は被害者なのだ。騙されていたのだ。このぐらいのことは言う権利がある。綾乃は慧に人差し指を突きつけた。

「誰が慧の思う通りにしてやるもんですか！　もう嫌い！　慧なんて大嫌い！」

「大丈夫か？」

「だ、大丈夫なわけないでしょ！　慧のばか！　好きな人に嫌いって言われて、傷つかない人がいるわけないでしょ！　悲しくないわけないでしょ！」

瞬間、慧は息を呑む。

綾乃はその傍らで、もう一度ソファーに座り直し、顔を両手で覆った。

「こんなふうに突き放すなら、なんであんなふうに優しくしたのよ！　あんなふうに甘やかされたら、好きになっちゃうでしょう、普通。もう嫌いよ、こんなことする慧なんか嫌い！　大っ嫌い！」

「綾乃」

「好きじゃないなら優しくしないでよ！」

そう言いながらも、肩にかかる彼の手は振り払えなかった。

久しぶりの彼の手の温《ぬく》もりが嬉しくて、だけど同時に喜んでしまっている自分に辟易とした。こんなふうに喜んだら、きっと後から突き落とされて痛い目を見るのに、喜んだ分だけ余計に痛い思いをするってわかっているのに……

「信じてたのに……」

「綾乃」

隣の座面が沈んだかと思うと、隣に慧の気配がして、身体が引き寄せられた。そのまま抱きしめられて、綾乃の心は理性に反して浮き足だつ。心臓だって高鳴った。

だけどやっぱり——

「悪かった」

耳元でそう謝罪をされ、地面に叩《たた》き落《お》とされる。急転直下だ。

別に謝らなくてもいいのだ。綾乃のことを騙していたのは清太郎が悪いのだし、好きになれないのは、きっと好かれるように振る舞ってこなかった綾乃が悪い。

諦めろと言われれば諦める他ないのはちゃんと知っているし、そのための心づもりだって全くしてなかったわけじゃない。

でもそれならば、こんなふうに優しく抱きしめないでほしいとも思ってしまう。

だって、こんなの勘違いしてしまうだろう。もしかしたらまだチャンスがあるんじゃないかと、両想いになれる可能性がどこかにあるんじゃないのかと。

「離して」

「嫌だ」

「離してよ」

鼻にかかった声でそういうが、彼は一向に離してくれない。

もうなんなのだ。自分が諦めきれなかったら、困るのはそっちなのに、どうしてこう思わせぶりなことばかりしてくるのだろうか。

綾乃は彼の背中に腕を回しながら、涙で濡れた声を出す。

「こんなことしても許さないんだから」

「わかってる」

「本当に許さないんだから！」

最後の最後まで可愛くない言葉を重ねる自分が嫌になる。

せめて最後ぐらいはいい思い出で締めくくりたいのに、口から出るのは心とは正反対の恨み節ばかり。理想は笑って「さようなら、いい思い出だったわ」って手を振りたい。慧があとあと「いい子だったな」って思い出すような最後にしたかったのに。

泣きたくないのに、涙が彼のシャツを濡らす。

その涙を拭うように目元に彼のキスが落ちた。

「悪かった」

「な、んで、そんなことするのよ！」

「すまない」

「離してよ！　ほんとうにもう、大っ嫌い！」

「何度でも謝る」

まるで駄々っ子《だだっこ》をあやすように、彼は綾乃の背中を何度も撫でた。

その扱いにも腹が立つ。

「好きじゃないなら優しくしないでって言ってるでしょ！」

「好きだよ」

「は？」

「綾乃、好きだ」

あぁ、毒だ。こんなの猛毒だ。

子供のように駄々をこねる綾乃をあやすために言ってるのだろうか、それともここから
「冗談だよ」と手のひらを返してくるのか。

どちらにせよ、その言葉は綾乃にとってひどく残酷だった。

綾乃は慧を跳ね除ける。

初めてした抵抗に、慧は少し驚いているようだった。

「いくら慧でも、そういう嘘は許さないんだから！」

「嘘じゃない」

「だって、さっき婚約破棄するって……」

本当に自分のことが好きならそんなことはしないはずだ。

少なくとも綾乃は、この状態のまま、関係を再構築しようとした。だって、慧とならば
結婚したっていいと本気で思っていたし、婚約の話が出てからずっと『慧ならいいのに』

と思い続けていたからだ。

だから、すぐさま関係を解消しようとした彼が自分を好きだなんて考えられないし、信用できない。

「俺は臆病な男なんだ」

「臆病って……」

「綾乃から婚約を破棄されるぐらいなら、こっちから言おうと思った」

「なにそれ！　フラれる前にフろうとしたってこと⁉」

非難するような綾乃の声に、慧はガシガシと頭を掻く。

「そうじゃなくて！　綾乃に言われたら立ち直れないと思ったんだ。どうせ、フラれるだろうってことはわかっていたし……。なのに、お前は俺のことを好きだとか言うから」

その言葉や仕草は、綾乃がよく知る彼のもので、先ほどまでの機械的な彼の様子とは全く別物だった。

それがなんだか嬉しくて、綾乃はおずおずと隣に座る彼を見上げる。

「本当に、私のこと好きなの？　それとも、また嘘なの？」

「嘘じゃない。好きだよ。ずっとずっと前から好きだった」

「一緒にいたのはお爺さまに言われてたからじゃないの？」

「そんなもの、嫌だって言ったらいつだって離れることができた。俺がずっとそばにいたのは、綾乃と離れたくなかったからだ」

「本当に？」

「もう嘘はつかない」

そう言って目尻にもう一度キスを落とされる。

戯れあいのようなキスに頬がじんわりと熱くなって、恥ずかしさのあまり口を窄めて睨みつけると、彼はほっこりと嬉しそうに笑った。

「ようやく泣《な》き止《や》んだ」

「な、泣いてて悪かったわね！」

「泣いている顔も可愛い」

唐突に、そんなことを言われたものだから、頬が熱くなる。

赤くなった頬を隠すように両手を頬に当てれば、慧はこちらを覗き込んできた。

「綾乃は？」

「へ？」

「綾乃は本当に俺のことが好き？」

「そ、そんなの、言わなくてもわかるでしょ！」

顔を背けながらそういえば、彼は膝の上で作っていた綾乃の握り拳をそっと上から包んでくる。

「言葉って大事だと思うけど？」

「それは……」

数週間前にしたやりとりを、まるで意趣返しのようにそっくりそのまま返される。

綾乃は慧の顔を見上げた後、やがて降参というように視線を下げた。そして、摑まれているだけだった彼の手をぎゅっと握り返す。

「好きよ、大好き。気がついたのはつい最近だけれど、多分この気持ちはずっと前からね」

そこまで言って、綾乃は深呼吸をした。

「好きよ、慧」

瞬間、ぎゅっと抱きしめられた。先ほどよりも強い力で胸板に顔が押しつけられる。その気持ちに応えるように背中に手を回すと、慧は少しだけ腕の力を緩めて綾乃を見下ろした。

「キスがしたい」

「……どうぞ？」

「俺がしたいのは互いの唇を合わせるキスだけど？」

それがどうかしたのかと考えた直後、彼の言葉の意味を知った。

『その代わり、口はダメだから！』

『は？』

『く、口は、恋人同士になってからでしょ?』

そのやりとりをしたのは、慧のことがもっと知りたいと彼の部屋を訪れた時だった。キスをしてくれるのなら質問に答えるという賭けをして、結局全身にキスという名の愛撫《あいぶ》をされる羽目になったあの時である。

綾乃は彼の言っている意味を正しく受け取り、彼を見上げた。

「いいわよ。私たち、恋人同士だものね」

そう言い切るか言い切らないかというところで唇を奪われた。

ねじ込まれてきた舌に綾乃がぎゅっと彼のシャツを握ると、世界が反転した。

目の前に見えるのは慧とその背後には天井のライト――

(これって――)

綾乃の体温は急上昇した。これはもう、どこからどう見ても押し倒されている。ソファーの座面に身体が横たわっている。

見上げる先の慧の呼吸はいつもより荒くて、まるで餌を目の前にした猛獣のように綾乃の目には映った。

「慧? ちょ、ちょっと――」

シャツの中に手が入ってきて、綾乃は狼狽えたような声を出した。彼の冷たい指が素肌に触れて、身体がびくりと反応する。

「あ、あの！　慧、だめよ！　そういうのは、ちゃんと――」

「……」

「ちょ、ちょっと慧！　本当にダメだってば！」

さらに先へ進もうとする彼の手を綾乃は押しとどめた。

すると、慧はムッとしたような顔つきになる。

綾乃はその表情に戸惑いの声をあげた。

「な、何よ……」

「したい」

彼は珍しく、拗ねた子供のようにそう言う。

慧が何をしたいのか、そんなもの言わなくてもわかる。言わなくてもわかるのだが、ここで頷くのはダメだろう。絶対に。彼の願いを叶《かな》えてあげたい気持ちももちろんあるし、綾乃だって心の奥底ではそれを望んでいるが、だとしても時と場所は選ぶべきだろう。

ここは会社だ――

綾乃は慧を押し返しながら声を振り絞った。

「な、何考えてるの！　ここ会社でしょう！　そ、それに誰かに見られたら……」

「ここで綾乃を抱いても、他の人間に迷惑がかかることはない。それに、この部屋は鍵がかかるから誰かに見られる心配もない。窓の外には鳥ぐらいしか通りかからないしな」

「鍵がかかったからって、その音とか、声とか——」

「ここは防音だ」

「い、今は昼だし……」

「こういうのに時間は関係ないだろう?」

「で、でも、貴方仕事中じゃないの? 仕事中にそんなこと!」

「もう半休は取っている。ちゃんと仕事時間外だ。さっきまで綾乃にフラれると思い込んでいたからな。しばらく使い物にならなくなる可能性はちゃんと考えていた」

「……」

「……」

「……」

「他には?」

他には……何もない。何も思いつかない。

会社でそういうことをするのはどうなのか、とか、倫理に訴えることはもちろんできるが「そんなもの俺には関係ない」で押し通されて終わりだろう。彼の意志はそんなものではきっと揺らがない。

慧は綾乃の頬に指を滑らせる。そして、意外なことを口にした。

「もちろん、綾乃が嫌ならしない」

「え？」

「嫌がるようなことがしたいわけじゃない。嫌われたいわけでもない。だから、綾乃が嫌ならここではしない。我慢する」

彼の言葉を聞いた瞬間、ずるい、と思った。決定権をこっちに投げてくるだなんてそんなのずるすぎる。

綾乃だって彼と気持ちは一緒なのに、断るのだって勇気がいるのに……

慧は綾乃にキスを落とした後、ハチミツのような甘ったるい声を響かせた。

「ここが会社だとか、今が昼間とか、そういうことは抜きにして答えてくれ。君がどう答えても君のせいにはならないし、何があっても俺のせいだから」

「慧……」

「俺は綾乃を抱きたい。君は、俺とするのは嫌か？」

「嫌なわけ、ないでしょう」

そう答えた瞬間、彼は本当に嬉しそうに微笑んだ。

ソファーの縁に必死に摑まりながら、自ら足をM字に開いて、自分の秘所を男性の前に晒すことになるだなんて、綾乃はそれまで考えたことがなかった。

ストッキングもショーツも全て取り払われた陰部を慧は優しくいじる。

最初はゆっくりと中指を一本だけ入れて、内壁を擦り上げていたのだが、慣れたところで二本になり、出し入れだけじゃなく、中を引《ひ》っ掻《か》くようになった。

「ん、んんぁ、んんん――」

自分の指で喘ぐ綾乃を慧は終始楽しそうに見つめている。その視線がまた身体を熱くして、綾乃の下腹部からはとろりと蜜が溢れた。

「声は出しても大丈夫だぞ？　さっきも言った通りここは防音だからな」

「だって、聞こえないとわかっていても、は、はずかしいんだもの……」

「そんなこと言ってたら、きっとこれからちょっと厳しいぞ」

「え？」

「人間は声を出した方が、痛みが和らぐらしい」

そう言って、彼は前を寛げさせる。すると、想像以上に大きな彼の雄が目の前にそそり立った。太さだって長さだって、綾乃の想像していたモノよりも一．五倍ぐらい長い。

ピッタリとあてがわれるとお臍のところまでは余裕でありそうだった。

「ちょ、ちょっと、まって！　そんなのはいらない――」

「大丈夫」

弱気になった綾乃の耳元に慧はキスを落とす。

「入れるから」

入る入らないではなく、入れる。

そこには彼の確固たる意志のようなものが感じられて、綾乃は背筋があわだった。未知のことに対する恐怖はもちろんある。彼の雄だって凶器のように見えるし、痛いなんて聞いたら余計に身体は縮こまる。

でも、彼にそこまで求められていることが嬉しかった。

綾乃はソファーの座面に寝かされると、大きく足を広げられる。

彼の先端はもう綾乃の蜜で遊んでいて、いつでも準備万端だ。

「はっ、あ、」

「大きく息を吸って」

「や」

身体が裂ける痛みに、冷や汗が噴き出した。

最初は先っぽだけゆっくりと出し入れを繰り返し、綾乃の身体が慣れてくると、慧はまたゆっくり腰を進めた。

「いた――、けい、いたぃの。慧の、大きくて、はいらな――」

「少し我慢していてくれ」

そう言って彼は綾乃にキスをしてくる。入り込んできた舌に綾乃が夢中で応じていると、その隙をつくように――

「んんん——！」

一気に最奥を穿《うが》たれた。

「あぁ、あ、ぁ……」

「悪い。痛かったな」

震える綾乃に、慧はそう唇を落とす。

仰向けになった腹部が慧の形にぽっこりと浮き上がっているように思える。綾乃はそれを撫でながらか細い声を出した。

「ここに、けいが、いるのね。ふふふ。なんか、へんなきぶん……」

「綾乃」

「慧、あのね。いたくて、苦しくて、息もうまく吸えないし、こんなところでするのも恥ずかしいんだけど……」

綾乃は目の前にいる慧をぎゅっと抱きしめた。

「すごく、嬉しいの」

「——っ！」

「けいと、一つになれたことが、すごく、嬉しい」

言葉を覚えたての子供のようにたどたどしく、綾乃はそう言って笑った。

「あまり嬉しいことを言うな」

「けい？」

「加減ができなくなる」

そう言った後、彼はゆっくりと自身を綾乃から引き抜いた。それに寂しさを感じながら「あ……」と声を漏らすと、次の瞬間には星が舞った。

ぐちゅん――

確かにそんな音がした。彼は最奥を突き刺して、さらに子宮口を無理やり開けるように腰をぐりぐりと押しつける。

「やだ、それ以上、はいらない！」

涙ながらにそう止めるが、彼は全く聞いてくれない。

それどころかまだ開ききったばかりの綾乃の身体をがんがんと突き始める。その遠慮のなさに、綾乃はたまらず声をあげた。

「っっん！　あぁん、あっ、あ、……あぁぁ！」

腰が浮いて涙が散った。

慧に縋りつくと、彼はさらに勢いよく腰を打ち付けてくる。

「んぁ、あぁっ！　んっ、んっ、んんっ、ゃぁぁ……んっん」

もうダメだ、何も考えられない。彼の律動が激しくて、頭がふわふわする。意識だって朦朧《もうろう》としているし、もう本当になされるがままだ。

見上げる先の慧も必死そうで、額に汗を浮かび上がらせながら必死に腰を振っていた。

「けい、きもちいい？」

「あぁ、気持ちいいよ。綾乃の中は熱くて溶けてしまいそうだな」

頬を撫でられて、キスを落とされる。もうそれだけで胸が満たされた。

「けい、すきよ」

「俺も好きだ」

互いにそう想いを確かめ合った後、最後を思わせるような激しい抽送が始まる。肌が何度もぶつかり合う音が部屋の中に広がり、綾乃は迫り来る快感に喉を晒した。

「あぁ、あぁ、ゃぁあぁ――」

身体にこもった熱が高みに持ち上げられる。目の前が真っ白になり、足の指がぴんと伸びた。

「やあぁぁぁぁん――！」

身体の中心がキュッとして、何かが弾けた。

これがイクと言う感覚なのだと気がついた時には、身体は痙攣《けいれん》し、彼にぎゅっと抱きついてしまっていた。少し遅れて、彼が最奥をゴリっと突いた。

「――っ！」

そして、腹部に感じる温かいもの。それが、彼の白濁だということに気がついて、綾乃

は頬を染め上げた。

（おわった、の、よね？）

互いに全身で息をしている。もう体力の限界だ。

それなのに彼は綾乃の身体を持ち上げると、くるりと反転させた。手はソファーの縁に、膝は座面だ。

お尻を慧に突き出す形になった綾乃は、目を白黒させながら振り返る。

「慧、終わったんじゃないの!?」

「もういっかい」

「んんんっ――」

そのままままた突っ込まれて、綾乃は非難の声をあげる。

「慧のえっち」

「綾乃がえっちにさせたんだろ？」

そのまま問答無用で揺さぶられ、綾乃はそこで三回も美味しくいただかれてしまったのだった。

第五章

それから数日後、本家――

「ってことで、お爺さま。慧と付き合うことになりました。婚約の件も、謹んで受けたいと思います」

「じゃろ？　そうなると思っとったわい！」

正座する綾乃の前で、清太郎はそう快活に笑った。

全ての黒幕は腕を組んだまま、自信満々に胸を反らせる。

「お前が慧を特別視しとるのは一年目ぐらいでわかっとったからの。だからこそ慧にも執事ごっこを続けてもらったんじゃし！」

「お爺さまの炯眼《けいがん》はさすがだと思いますが、でもそれならそうともう少し早く言ってくださってもよかったんじゃないですか？　慧にあんな真似を何年もさせるだなんて……」

負けたような気分になりながら、それでも恨み節を吐けば、清太郎は呆れたような顔で片眉を上げた。

「確かに慧には悪かったがな。でも、考えてもみろ。早い段階でワシが全部を暴露しておったらお前はどう反応していたと思う?」

「それは……」

「絶対に『私は慧にそういう感情を持ってません!』『慧と結婚なんか絶対にしません!慧と私は家族ですから!』とか心にもないことを言って、慧を避け始めたんじゃないか?お前は昔っからワシの考えには反抗的だからのぉ」

その未来予想図に綾乃は項垂《うなだ》れるしかなかった。

そうだ。確かにそうだ。一年目ぐらいで、『実は慧は執事じゃなくて貴女の婚約者です!』なんて紹介をされていたら、確実に抵抗をしていた。恋心を認めるのにもきっと戸惑って、彼を傷つけていたと思う。

慧に自ら正体を明かさせようとしていたのもきっと綾乃の性格を加味してなのだろう。

「収まるところに収まって何よりじゃ。家は二人の新居として使えばいいからな」

「それは、ありがとうございます」

あれから慧は、恋人として家にいてくれる。執事として家にいた頃の感覚が残っているのか、はたまた元々そういう気質なのかは知らないが、色々甲斐甲斐《かいがい》しく世話をしてくれようとするので、綾乃が「そこまではしなくていいわよ」と止めている感じだ。

恋人としての生活はまだまだ始まったばかりで、色々と生活はぎこちないが、これからゆっくりと慣れていけばいいだろう。

そんなふうに雑談を交わしていると、襖があいて、一人の使用人が顔を覗かせた。その後ろには愛《いと》おしい恋人の姿――

「失礼します。慧様が来られました」

「おーおー。もうお迎えか」

「この後、一緒にご飯を食べる予定でして……」

慧がそう簡潔に迎えにきた理由を述べると、清太郎の目尻が下がる。

「いいのぉ。ワシも一緒に行っちゃおうかのぉ」

「お爺さま！」

茶化すようなその声に綾乃は清太郎を睨みつける。すると彼はケラケラ笑いながら「嘘なのに、ひどいのぉ」と目尻の皺を深めた。

そんな他愛《たあい》もない会話をしていると、側近の一人が慌てた調子でやってきて「清太郎様」と彼のそばに両膝をついた。

その只事《ただごと》ではない雰囲気に、清太郎も先ほどまでのおちゃらけた表情を消す。

「なんじゃ？」

「お二人のことでちょっと」

「私たちのことで？」

『お二人のこと』と言われて視線で指されたのは綾乃と慧だった。二人は顔を見合わせる。

「清太郎様のお知り合いの方から、こんなものが届いたのですが……」

そう言って彼が差し出してきたのは開封済みの茶封筒だった。中を見ると、二つ折りにされたA3の紙が入っている。

「これって……」

それはまだ本になる前の週刊誌の記事だった。中心には水族館でキスをしているように見える綾乃と隼人の写真。見出しは『熱愛発覚！　大手アパレル企業SARTO社長、財閥令嬢と水族館デート!?』となっている。もしかしなくとも、あのダブルデートの時の写真である。あの時二人はキスをしていないが、確かにこの写真の角度からならば、そういうことをしているように見える。それぞれの顔にはモザイクがかかっているが、見る人が見ればこれが隼人と綾乃であることは一目瞭然だろう。

「まさか、あのダブルデートって、この写真を撮るために……」

清太郎は一緒に入っていた便箋に目を滑らせると、苦々しい顔でこう吐き捨てた。

「これは、やられたの……」

◆◇◆

あの記事を送ってきたのは、清太郎の知り合いの記者らしい。彼は日本でも売上一、二を争う週刊誌の記者で、いつもは清太郎に関係のありそうな記事をこっそりと横流ししてくれる情報屋みたいなことをしてくれているらしい。

そんな彼が清太郎に当てた便箋には色々と書いてあった。要約すると『こんな記事が流れそうなんだが、大丈夫か？』『記事を取り消そうと思うなら、この記事の情報提供者が「やっぱり出さないでくれ」と言うか、これよりも強いインパクトの記事を代わりに差し出すしかないぞ？』という、警告というよりはアドバイスに近いものだった。

あの記事が出てしまえば世間は『そう』思うだろう。ＳＡＲＴＯの会社社長と鳳条家の令嬢は恋仲なのだと。そしてそんな記事が出てしまえば、誕生日パーティで慧を婚約者として紹介するわけにもいかなくなってしまう。あの記事の後で婚約者なんて引っ張り出そうものなら『綾乃が二股をしていた』なんていう根も葉もない醜聞が出回ってしまうだろうからだ。

それは綾乃のためにも鳳条家のためにもならない……

『ワシが対策を考えておくから、とりあえず二人はしばらく会うな。家の前に他の記者が張っていないとも限らないからな』

そう言って、慧と問答無用で引き離されたのは昨日のこと。

当然のことながら慧は昨日、家にも帰ってきていない。清太郎の権限で記事が出るのを引き延ばすことはできそうなのだが、だとしても綾乃の誕生日までは引き延ばすことはできないらしい。

「どうすればいいのかしら……」

そんなふうにこぼしながら、綾乃は会社から帰る。せっかく慧と想いが通じ合って、これから二人で楽しく過ごしていこうという時にこの展開だ。

記事を止めるためには、情報提供者が「やっぱり止めてくれ」と言うか、これよりもインパクトのある記事を差し替えとして出し、交渉するしかない。

（インパクトのある差し替え記事を出すより、情報提供者に頼む方が明らかに簡単そうだけど……）

この記事の情報提供者――たまたま隼人や綾乃の顔を知っていた第三者が写真を撮って週刊誌に売ったという線もあるが、可能性としては薄いだろう。可能性として一番ありえるのは、やはり隼人自身だ。あの写真を撮らせるために人を雇い、待ち伏せさせ、綾乃にあんなことをしたのだろう。

全ては綾乃と自分の間に既成事実を作るため。外堀を埋めるため。

「あぁもう！　イライラする！」

綾乃は頭を掻きむしる。本当にもう、腹が立つ。

私たちのことをどこまでかき回せばいいのだろうか。

「でも、彼を巻き込んじゃったのは、私の責任なのよね……」

清太郎も慧も違うとは言ってくれるが、隼人を巻き込んだのは他でもない綾乃だ。綾乃が隼人を清太郎の前に連れて行かなければ、もしかしたら清太郎の運転手を務めていた柊だって隼人にＩＣレコーダーを渡さなくてもよかったかもしれないし、清太郎だって慧を疑うことはなかったはずだ。

そもそも、綾乃がこんなふうに粘着されることもなかったはずなのである。

「あの人に頼んだって、なんの交渉材料もなしに素直に記事を下げてくれるわけがないしな……」

交渉材料と言っても、彼の狙いは綾乃自身だ。綾乃が隼人と結婚するといえば記事は下げてくれるだろうが、そんなのは絶対にごめんである。

「なにか、なにか……」

そう頭を悩ませていた時、ふと閃《ひらめ》きが降ってきた。まだ形にならないその輝きに綾乃が目を見開くと、同時にスマホが震える。表示された名前を見れば、『宝船隼人』の文字。

綾乃はしばらく考えた後、スマホをとった。

「はい」

『やっほー、綾乃チャン。久しぶり！』

相変わらずの陽気な声に、綾乃は辟易とする。

そんな彼女に隼人はさらに燃料を投下した。

『そろそろ、記事見てくれた頃かな？　あれ、よく撮れてたでしょ？　本当にチューしてるみたいだったし』

「やっぱり貴方だったのね……」

しかも、こっちが雑誌が出る前に先に情報を入手していることも計算済みだ。

本当に面倒臭くていやらしい人間である。

「それで、記事を取り消してくれる気になったの？」

『そうそう！　取り消す気になったんだよ、俺！　……もちろん取引はさせてもらいたいんだけどね』

「やっぱりそういう話になるのね……」

あからさまに嫌な声を出すと、電話口の隼人がニヤリと笑う気配がした。

『詳しい話は明日するからさ、明日会社終わりに一人で俺のＢＡＲに来てよ。その時ゆっくり話そう。もちろん、執事くんは連れてきちゃダメだよ。その時は交渉決裂だから。……あ、今は執事くんじゃないんだっけ？　慧くん？』

「……」

『じゃぁ、明日楽しみにしてるねー！』

それだけ言って電話は一方的に切れた。

綾乃はホームに戻ったスマホの画面をじっと見つめ、長息するのだった。

◆◇◆

「よくきてくれたね、綾乃チャン」

翌日、仕事を終わらせた綾乃は、宝船のBARにいた。両手を広げながら出迎える隼人を、彼女は片手で制す。いつでも逃げられるようにか、はたまた鍵を閉められないようにするためか、彼女は扉の前に立ったまま、彼を睨みつけた。

「それで、記事を出さないようにしてくれる条件ってなんなの？」

「いきなり本題だね。つれないなぁ」

「私は貴方と楽しくおしゃべりするためにここに来たわけじゃないの。……それで？　どういう条件ならあの記事を出さないようにしてくれるの？」

急ぐような綾乃の言葉に、隼人は「綾乃チャンってば、せっかち屋さんなんだから」と笑う。

彼はそばにあったスツールに腰をかけると、口角を上げた。

「じゃぁ、お望み通りいきなり本題。……綾乃チャン、俺と結婚しよ」

「……」

「綾乃チャンが俺と籍を入れてくれるのなら、あの記事はもちろん消してあげる。もし、慧くんのことが忘れられないと言うなら、愛人として側に置くのは全然構わないよ。俺、束縛するのもされるのも好きじゃないからさ。それに、愛する二人を引き離すなんて真似、俺にはとてもじゃないけどできないし」

「そう思うなら、そんな条件つけるんじゃないわよ」

「それはそれ、これはこれ、でしょ？」

隼人は「それでどうする？」と視線で訴えてくる。

綾乃は迷うことなく首を振った。

「嫌よ。もし、貴方の要求がそれなら、絶対に飲めません。貴方と結婚するよりも、醜聞が出た方が幾分かマシに決まってるでしょう？」

「まぁ、それはそうだよね。そこまで嫌われているのは残念だけど、そういう判断になっちゃうよねー」

まるで人ごとのようにそう頷いて、彼は前のめりになった。

「それなら、もう一つの案。……俺と寝てよ」

「はぁ？」

「ほら、一晩だけでいいからさ。慧くんとはもうしてるんでしょ？　それなら一回ぐらい俺と寝てくれてもいいんじゃない？」

最低だ。最低の要求だ。

綾乃は腕に現れた鳥肌をさすりながら、再び「嫌」と口にする。

「どうして？　綾乃チャンが一晩我慢してくれれば、記事は出ないし、慧くんとも問題なく一緒になれるんだよ？　鳳条家の評判も下がらないし、俺としては十分譲歩したつもりなんだけど？」

「……」

「変態的なプレイはしないつもりだし、叩いたり、乱暴なこともしないつもりだよ？　あーでも、一晩で一回ってことはないからね？　何回かはするつもりだから、それだけは許して？　だけど、気持ちよくしてあげるから問題はないでしょ？」

まるでスポーツに誘っているような軽い感覚だ。

でも、もしかしたら本当にそうなのかもしれない。彼にとってセックスは好きな人と愛を確かめ合うものではなく、欲求を発散させる手段、もしくは遊びの延長なのだろう。

綾乃はイライラしたように髪の毛を掻《か》き上《あ》げる。

「どうしてそこまでして私としたいの？」

「綾乃チャンがいい女だから？　好きな子が手に入らないんなら、身体だけでも手に入れたいっていう男心だよ！」

「……違うでしょ」

わずかに低くなった声に、隼人は「え？」と首を傾げる。

「大方、私と貴方でホテルに入るところを誰かに撮らせて、その写真を使ってまた何かする気でしょ？　今までのことを考えると、私かお爺さまあたりを脅すつもりね？」

その言葉に隼人は一瞬だけ固まる。おそらく図星だったのだろう。しかし、動揺が見えたのもその一瞬だけで、あとは楽しそうに手を叩いてみせた。

「わ。ご名答！　でもまぁ、味見してみたいってのも、本当だよ？　綾乃チャン、いい声で泣きそうだからさ」

その言葉にまた鳥肌が立った。

全身がゾワゾワとする。しかし、なんだか隼人の行動が読めてきたかもしれない。彼は基本的に何か情報を掴むと、それを使って相手を脅し、利益を得ようとするタイプの人間だ。

「でもそっかー。そう簡単に騙されてはくれないか。ま、でもいっか。ちゃんとこのBARに入るところも写真に撮らせてるし！」

「……」

「次の記事の見出しは何かな？『激写！　深夜の密会デート！』って感じかな？　なかなかセンスがあると思わない？」

「センスはないし、センスがなくても大丈夫だわ。だって、その記事は一生表に出ないいんだもの」

「え？」

　この時初めて、隼人の顔に驚きが滲んだ。

　綾乃はスマホを取り出し、どこかにメッセージを送る。数十秒後、彼女の背後にある扉が開き、慧が現れた。

　その姿に、隼人の目はさらに大きく見開かれる。

「あらら。約束と違うじゃん、綾乃チャン」

「違わないわ。だってそっちの交渉はもう決裂したんだもの。今度はこっちが交渉する番よ」

　綾乃はスマホを操作する。すると、数日前のとある会話が再生された。

『というか、まさか貴方！』

『そう、ご名答！　買収の話を流したのは俺だよ。ちなみに、ＩＣレコーダーを回収したのは、綾乃チャンと一緒に料亭に行った日』

「それは……」

『音声データなんてメールでやりとりすればいいと思ったけど、ほら、できるだけ証拠は残したくないじゃない？　郵送も他の人に見られるかもしれないから――』

　綾乃は停止ボタンを押すと、彼にスマホの画面を見せつけた。

「ここには、貴方と出かけた日の音声データが入ってます。もちろん先ほどの内容も。貴方が柊さんを脅したこともこれで証明されます」

「もしかして、ダブルデートをした時の全部録音してたの？」

「全部ってわけじゃないけど、貴方と一緒にいる時は基本的につけてたわ」

「わぁお。綾乃チャンって陰険なんだね」

「一度騙された人に会いにいくんだもの。このぐらいはするわよ」

ただ、綾乃からしてもこれは完全な棚ぼただった。録音をしていたこと自体もつい最近まで忘れていたし、こんなものが、しかもこんなにはっきりと録《と》れているなんて、正直思わなかった。

次に前に出たのは慧だった。

彼はいつの間に用意したのか茶封筒を彼の前に置く。

「それと、これは貴方に脅されたとされる柊さんの証言と、貴方と不倫をしていた女優、弘田《ひろた》裕子《ゆうこ》さんの旦那さんからの証言だ。それと、譲ってもらった証拠写真」

「あれ？　そっちはもうすでに金で黙らせたと思ったけど？」

「知ってるか？　金で黙る人間は、金を積むと喋るんだよ？」

「おいおい、いくら積んだんだよ。俺だって結構積んだんだぞ？」

隼人の頬が引き攣る。

　この茶封筒は綾乃が昨日連絡した時にはもう用意されていたもので、慧がそんなものを用意していることでさえ綾乃は知らなかった。だから、これだけのものを準備するのにいくらかかったかは全く知らないのだが、隼人の顔を見るに相当かかったに違いない。

　慧は指の先で茶封筒を叩く。

「他にも、詐欺まがいの融資話に、前の会社でしていた横領。インサイダー取引の証拠なんかも、今調べさせている最中だ」

　その言葉に、隼人もさすがに旗色が悪くなったと思ったのか渋い顔をする。

「本当ならこれらであの記事を上書きするつもりだったんだが、綾乃がな……」

「ここで記事を止めても、貴方はまだ私たちに付き纏ってくるかもしれない。だから、交渉をしたいのよ」

「交渉？」

「私たちはこの記事を出さない。その代わり、貴方もあの記事を取り下げて、私たちにも う関わらないと誓って」

「……俺が約束を破ったら？」

　慧は絶対零度の声を響かせる。

「これらが流出するだけだ。他の会社の人間を脅して会社の情報を得ようとした点も相当やばいが、今をときめく女優との不倫騒動だ。世間は飛びつくぞ？　しかも相手の旦那を金で叩いて黙らした醜聞付き。とんでもないバッシングだよな？」

「……」

「株価だって下がるだろうし。叩けば埃《ほこり》が出る相手をあえてビジネスパートナーに選ぼうとする企業は少ない。それに、詐欺まがいの話や、横領の件なんかがバレたら、警察が動くだろう。そうなれば会社は傾くだろうな。少なくとも、お前は責任を取らないといけなくなる。それでも足りないなら、俺がもう少し罪状を積んでやるよ」

「……」

「ぽっと出が。潰し合いで勝てると思うなよ？」

そのれっきとした脅しに隼人はしばらく黙った後、まるで降参といった感じで両手を顔の前にあげた。

「わかった。負け！　あーもー！　悔しいけど俺の負け！　そっちの要求は全部飲むよ。こうなった以上、ごねても仕方ないしね」

最後まで明るくそう言ってのけて、隼人は唇を尖らせる。

「ったくもー。俺の計画が全部パーだよ！　せっかく財閥に取り入る方法見つけたと思ったのになー！」

「私たちなんかに取り入らなくても、貴方なら普通にやってれば会社は大きくできるでしょう？」

「え？　そういうことを言ってくれるってことは、もしかして俺のこと評価してくれてるってこと？　惚れちゃった？　惚れちゃった？」

「綾乃に近づくな。このクソ野郎が」

「やーん！　皇グループのお坊ちゃんがそんな口利いちゃだめだよ！」

反省など全くしてない様子だが、それがなんだかどうしようもなく彼らしくて、ちょっと微笑ましくも感じてしまう。

「綾乃チャン」

帰ろうとした綾乃と慧を彼はそう呼び止めた。

振り返ると、やっぱりいつもの調子で彼はにっと笑う。

「その腹黒男が嫌になったらいつでもおいで！　その時は本当に俺がもらってあげるから」

「いりま――」

「誰がやるか！」

綾乃が言い切る前に、慧がそう声を荒げた。

彼は綾乃の肩をまるで見せつけるように引き寄せると、そそくさとその場を後にした。

ＢＡＲを出ると、外はもう真っ暗だった。

星を見ながら慧と並んで帰る。それだけで心が浮き足だつ。

「やっと終わったな……」

「本当に彼、記事を取り下げるかしら？」

「取り下げるだろ。戦ってもあっちには勝ち目がないだろうしな」

そんな話をした後、綾乃は立ち止まる。どうしたのかと慧は振り返り、綾乃は俯きながら彼の小指を握った。

「ところで慧、今日は家に帰ってくるのかしら？」

「一応、帰る予定だが。……もしかして、寂しかったのか？」

揶揄うような彼の声に一瞬だけムッとして『寂しいわけないじゃない！』なんて、心にもないことが口から飛び出そうになる。でも、こんなところで見栄《みえ》を張っても仕方がないだろう。反発したってきっといいことはない。これまでにこの性格で何度も痛い目を見てきたじゃないか。

（それに……）

きっと彼は、素直に甘えた方が喜んでくれるはずだから――

綾乃は小指を手繰り寄せ、慧と指を絡ませる。そして、蚊の鳴くようなか細い声を出した。

「……寂しかった。すごく、寂しかった」

瞬間、慧は目を見開き、綾乃を抱きしめる。

そして唇に軽いキスを落とした。

「俺も寂しかった」

言葉がじんわりと身体に染みて、自然と笑みが溢れる。そんな綾乃に引き寄せられるように慧は綾乃と額をくっつけた。

そして、二人は互いに笑んだ後、もう一度お互いを確かめるようにキスをするのだった。

エピローグ

綾乃の誕生日パーティ及び、婚約者発表はなんの滞りもなく行われた。相手が皇グループの御曹司ということで最初こそ多少ざわついたが、大物カップルの誕生に会場内の人間は皆祝福ムードだった。

「綾乃さん、慧さん、おめでとうございます！」

「本当にお似合いの二人で……！」

「三年にも及ぶ大恋愛の末の結婚だと清太郎さんから聞いたのですが、本当ですか？」

さすがの清太郎も『皇グループの御曹司を孫の執事として三年間雇いました』なんて言えなかったのだろう。二人の三年間の生活は、そんな風に脚色して皆に伝えられたようだった。

「ところで、ＳＡＲＴＯのトップの話は聞きました？」

「宝船さんでしょう？　なんでも結婚詐欺まがいのことをして、女優に訴えられたとか」

「ああいう女性にだらしない方に綾乃さんが騙されなくてよかったですわ。本当に綾乃さんは男性を見る目がありますわね」

なにも知らないからこそ出てくる話題に、綾乃は苦笑いを浮かべる。隣の慧も同じような表情を浮かべていた。

「本当に、叩けばいくらでも埃が出るヤツだな……」

「あの人、少しぐらい真面目になれば良いのにね」

互いにしか聞こえない声でそう言いながら、二人は顔を見せ合い笑い合った。


そして、その夜――

「今日は疲れたわね」

「そうだな」

二人はドレスとスーツを脱ぎ捨てて、一緒の浴槽に入っていた。

場所は会場にもなっているホテルのスイートルーム。そこはホテル側が厚意で用意してくれたもので、ホテルの中で一番いい部屋だった。なので、お風呂も想像以上に大きい。

そんな広いバスタブに、二人はぴったりと重なるようにして入っていた。

「なんか、すごく今更だけど実感が湧かないわ。私、慧と結婚するのよね。家族に、なるのよね」

「もしかして、嫌なのか？」

不安げな慧の声に、綾乃は慌てて振り返る。

「嫌なわけないでしょう！　ただ、ずっと執事として一緒にいてくれたから、ちゃんと切り替えられるかなって……心配で……」

恋人として一緒に暮らし始めてまだ数週間だ。彼のことをもう執事だとは思っていないが、これまでの三年間をいきなりゼロにして一から恋人同士として過ごすというのもまた無理な相談である。

「綾乃が望むなら、たまには執事として振る舞おうか？　あれ、案外気に入ってたし」

「そ、そうなの？　私ったら、てっきり嫌々やってるものだと……」

「嫌々で三年間も続くわけないだろう？　どうやら俺は、好きな子には尽くしたいタイプらしい」

慧は綾乃の腹部に回していた腕をぎゅっと引き寄せる。そして、耳元でこう囁いた。

「ってことで、……お身体、洗ってさしあげましょうか、お嬢様？」

久々に聞いた彼の敬語と、執事としての声色に、綾乃は背筋を伸ばした。

綾乃は全身を真っ赤に染めた状態で振り返る。

「変態！」

「変態はどっちですか？　そんなに顔を真っ赤にされて、もしかしてこういうのがお好きなのですか？」

「そ、そんなわけないでしょ！」

そう言いながらも綾乃は、図星かもしれない……と頬を赤らめた。

別に誰かに傅《かしず》かれるのが好きなわけじゃない。ただ彼の敬語は温かさの中に冷たさや黒さも滲んでいて、なんだか背筋がゾクゾクするのだ。こちらが敬語を使われている側のはずなのに、なぜか攻められている感覚。ゆっくりと支配されていくような不思議な感覚がするのである。

慧は綾乃をバスタブから出して、椅子に座らせた。

「それでは、綺麗にしてさしあげますね」

そう言って彼はポンプ式の、泡で出るボディソープをたっぷりと手に取った。そしてその手を綾乃に滑らし始める。泡越しの彼の手のひらは優しいけれど、どこか物足りない。それをわかっているのだろう、彼の手つきは産毛を撫でるようにやさしかった。

「ちょ、慧！　くすぐったい！　んっ！」

最初は背中から。そのまま肩甲骨を通り、肩へ。そして前にやってきた手は胸をやわやわと揉みはじめる。

「んっ、やだっ、けい――」

身体が跳ねたのは、胸の先端を手のひらでこすられたからだ。円を描くようにいじめられ、綾乃は甘い声をあげる。

「ぁんっ、んんんん――」

そして、彼の手は腕をゆっくりと往復した後、腹部を通って足の付け根にたどり着く。しかし、慧は綾乃が期待している場所に手を伸ばすことはなかった。彼は立ち上がり、綾乃の前にまわりこむと、また膝をつく。目の前に現れた均整のとれた肉体に、綾乃の心臓は大きく跳ねた。

「どこ見てるんですか？」

「どこって、どこも見てないわよ」

余裕綽々の彼に、綾乃はふいっと顔をそらした。慧はそんな彼女を見ながら、また手のひらにたくさんの泡を載せる。

「今度は、前から失礼しますね」

彼の手が両膝に乗り、そのまま太腿をゆっくりと登っていく。親指が綾乃の茂みに辿り着いた瞬間、彼女は身体をびくつかせた。「ひぅっ」という小さな声が漏れると、彼は、ふっと息を吐き出しながら笑う。

「もしかして、期待していますか？」

図星をつかれて、頬が熱くなる。彼は綾乃の内腿に片方の手のひらを突っ込むと片太腿を両手で包み込む。そして、まるでマッサージするように少し力を入れながら手のひらを自分の元へ引き戻した。

「それとも、私の気のせいですか？」

「――んっ」

膝裏に手のひらが回って擦られた。そのままふくらはぎから足首を通って、爪の先まで。ゆっくりと丁寧に、身体が洗われていく。

片足が終わると、慧はもう片足にも手を伸ばす。先ほどと同じように太腿の間に手を突っ込んで、優しく、力強く、擦られる。

「ぁっ」

ふわふわの泡がしゅわっと弾けて、綾乃の足に泡の筋を残す。その刺激にさえもわずかに反応してしまうほど、綾乃の身体は過敏になっていた。だけど彼は決して綾乃の触れてほしいところには触れてくれない。

「ねぇ、慧。もぅ……」

「どこか、洗い足りないところでもありましたか？」

綾乃の想いなんて全て知っているというような顔で、何も知らないというような言葉を吐く。綾乃は膝頭を擦り合わせながら「あ、あのね……」と声を上擦らせるが、それ以上の言葉が続かずに、彼女は羞恥に頬を染めたまま下唇を噛み締めた。

だってそんなこと、恥ずかしくていえない。

「綾乃様？」

「あの、あのね。えっと……」

「……あぁ、そうですね。ここを洗い忘れていました」

素直になれない綾乃に慧は仕方がないというような声を出す。そうしてようやく彼の手は綾乃の中心にたどり着いた。

「ここだけ、なんだかすごくぬるぬるしますね」

「あ、んんっ！」

滑りを洗い流そうと、慧の手のひらが綾乃の割れ目を執拗に撫でる。しかしそれでぬめりがなくなることはなく、彼女の身体は刺激に反応して素直にまたドロリと蜜を吐いた。

「おかしいですね。洗っても洗ってもぬるぬるしますね」

「あた、りまえ、でしょ」

「一度全部、掻《か》き出《だ》しましょうか」

掻き出す、という物騒な単語に綾乃が固まっているうちに慧はシャワーを手に取った。そして勢いよく水を出す。普段シャワーを浴びている時より、やや強い水圧だ。

慧はそれで綾乃の身体の泡を流した後、割れ目にまでシャワーを当てる。

「ちょ、なんで――！」

綾乃は咄嗟に足を閉じようとしたが、慧が入ってきて、閉じることは叶わなくなる。大きく足を広げられ、綾乃は自身の大事なところを慧の目の前に差し出すこととなる。

「はずかしいから、見ないで——」

「恥ずかしくないですよ。綾乃様の身体はどこもかしこも綺麗です」

「やぁっ！」

「だから、ここもちゃんと綺麗にしておきましょうね」

そう言って、泡の消えた肉裂に指が侵入してくる。

最初は入り口を何度も行ったり来たり。くすぐられるような刺激に綾乃は身悶《みもだ》えながらも、奥にやってこない指にどこか焦れったさを感じた。

そうしていると、入り口を出入りする指が二本になる。ちゅぽちゅぽと音を立てながら二本の指は綾乃の秘所を探る。

そして、綾乃が身体の力を完全に抜いたところで——

「んんぁ——‼」

一気に根元まで侵入してきた。もちろん、二本ともだ。そのまま指は蜜を掻き出しはじめる。中で折れ曲がっている指の腹が綾乃のいいところにあたり、背筋を駆け上がってくる快楽に彼女は身体をのけぞらせた。

「——っ！」

「掻き出しても掻き出しても溢れ出てきますね」

そういうと、慧は綾乃を持ち上げてバスタブの縁に座らせた。そして彼女の割れ目にもう一度指を突っ込んだ後、顔を近づける。そのまま指で掻き出した蜜を慧は口で受け取った。そして最後には舌が突っ込まれる。

「やめて！　慧、やめて！　汚いからぁ」

「汚くありませんし、止めるつもりはないですよ」

「やだぁ、やめてって、いってるのに――」

慧が綾乃の割れ目を舐める音が、風呂場の中で何倍にも大きくなる。耳から入ってくるその卑猥《ひわい》な音に、綾乃の身体はまた熱くなり、首を振った。

「あ、あぁ、あぁあぁあぁぁぁ」

手が掻き出す速度を上げて、綾乃は目の前が真っ白になった。そしてとうとう頂点へ達しようかという時、

「え？」

指も舌も抜かれた。

呆けた様子で自分の足の間に埋まっている慧を見下ろすと、彼は意地の悪い顔で笑った。

「そう簡単にいかせませんよ」

「なんで……」

「なんででしょうか。多分、いじめられてる貴女が可愛すぎるからかもしれないですね」

それから、何度もイく寸前にまで押し上げられ、イかしてもらえない、を繰り返した。

頭はこれ以上熱くならないというところまで熱くなっているし、理性なんてもう残っていない。

綾乃は今にも泣き出しそうな嬌声《きょうせい》をあげる。

「けい。おね、がい。もぅ、私――」

「何をお願いしているのですか？　ちゃんと私にもわかるように言ってください」

先ほどまでは恥ずかしかったおねだりが、いまはもう少しも恥ずかしくなかった。それ以上にこの切なさから解放されたいという思いが綾乃の喉を震わせる。

「やだぁ、もういきたい！　いきたいの！　いかせないなら、そんなに触らないで、あたまが、おかしくなっちゃう――」

執事ごっこなはずなのに、いつの間にか主従が逆転している。でも、最初から自分たちの関係はこんな感じだったような気がする。執事と主人のはずなのに、綾乃はいつも慧にタジタジで、怒られたり教え込まれたり、守られたり……

そんな彼の近い距離感に、綾乃はいつも腹を立てながらも、どこか安心していたのだ。

慧は綾乃の胸の先端に歯跡をつけた後、頬を引き上げる。

「それなら、どうして欲しいか私にちゃんと教えてください。何も言わずに察してほしいだなんて、鳳条家の令嬢としてはあってはならないことですよ？」

「けいの、えっち……」

「じゃぁ、貴女はそのえっちな私に何をしてほしいんですか？」

綾乃は、グッと言葉を詰まらせた後、顔を背け、足を自ら大きく開いた。そして、涙で濡れた声でこう懇願する。

「お願い。入れて。慧のでいっぱいにして」

「はい、よくできました」

そう耳元で囁かれると同時に、彼の太いものが身体の最奥を抉《えぐ》った。

そしてそのまま、彼女の内壁を擦り上げる。がんがんと最奥を突かれて、弱いところを何度も擦り上げられ、子宮口をぐりぐりと押し広げられる。

「あ、ゃぁんっ！　んんっ！　やめっ！　ああぁぁあぁぁ――」

もうダメだと思った時には、目の前が真っ白になっていた。

「綾乃、愛してる」

ふわふわとした意識の中で彼の必死な声がそれだけ聞こえて、綾乃は彼の首に腕を回しながら「私も」と掠れた声で言った。

瞬間、彼のモノが大きくなり、抽送がこれ以上ないぐらい速くなる。

「ああぁんぁあぁやぁぁ――‼」

「くっ――」

綾乃は慧を抱きしめながら、それまでに溜まった身体の熱を放出するように、達する。

それと同時に慧も綾乃の最奥に白濁を放つのだった。

あとがき

初めましての方も、そうでない方も、こんにちは秋桜ヒロロです。

この度は、この本を手に取ってくださり、本当にありがとうございました。

本作は、ちょっと勝気なお嬢様とドエス執事が迫りくる山あり谷ありを乗り越えていちゃいちゃラブラブなカップルになるお話です。後半部分はずっと泣きながら書いていたので、個人的に感慨深いお話になりましたが、皆様にとってはどうだったでしょうか？　楽しく読んでいただけましたでしょうか？　泣いたり、笑ったりしながら読んでいただけたなら幸いです。

さてさて、実はヴァニラ文庫で書かせていただくのは二回目なのですが、今回も担当編集者さんには大変お世話になりました。じゃじゃ馬のような私を乗りこなしてくださり、本当にありがとうございます。さらにヴァニラ文庫編集部の皆様、私の妄想を本にして読者の皆様に届けてくださり、本当にありがとうございます。そして、装画と挿絵を担当してくださった壱也先生。本当に色っぽい素敵なイラストをありがとうございます。感無量でございます。最後に私の本を買ってくださる読者の皆様、私が作家としてやっていけるのも皆様方のおかげです。これからもどうぞよろしくお願いいたします。

今回も皆様のおかげで無事刊行にいたりました。

それではこの物語が皆様の心に合うことを祈りまして……

秋桜ヒロロ

腹黒御曹司と政略結婚なんてお断り!
～財閥令嬢は偽恋人探しに奔走中～

Vanilla文庫 Miel

2023年2月5日　第1刷発行　　定価はカバーに表示してあります

著　作　秋桜ヒロロ　©HIRORO AKIZAKURA 2023
装　画　壱也
発行人　鈴木幸辰
発行所　株式会社ハーパーコリンズ・ジャパン
東京都千代田区大手町1-5-1
電話　03-6269-2883（営業）
0570-008091（読者サービス係）

印刷・製本　中央精版印刷株式会社

Printed in Japan ©K.K.HarperCollins Japan 2023 ISBN978-4-596-75583-4